淡定
是最好的优雅

慕容素衣

著

江苏凤凰文艺出版社
JIANGSU PHOENIX LITERATURE AND
ART PUBLISHING LTD

图书在版编目（ＣＩＰ）数据

淡定是最好的优雅 / 慕容素衣著. -- 南京 : 江苏艺
凤凰文艺出版社, 2018.12
ISBN 978-7-5399-9873-2

Ⅰ.①淡… Ⅱ.①慕… Ⅲ.①随笔 – 作品集 – 中国 –
当代 Ⅳ.①I267.1

中国版本图书馆CIP数据核字（2018）第234895号

书　　　　名	淡定是最好的优雅
作　　　　者	慕容素衣
责 任 编 辑	邹晓燕　黄孝阳
出 版 发 行	江苏凤凰文艺出版社
出版社地址	南京市中央路 165 号，邮编：210009
出版社网址	http://www.jswenyi.com
发　　　　行	北京时代华语国际传媒股份有限公司　010-83670231
印　　　　刷	北京盛通印刷股份有限公司
开　　　　本	690×980 毫米　1/16
印　　　　张	15
字　　　　数	180 千字
版　　　　次	2018 年 12 月第 1 版　2018 年 12 月第 1 次印刷
标 准 书 号	ISBN 978-7-5399-9873-2
定　　　　价	49.80 元

勇于做自己的人，
也许得不到全世界的喜爱，
但可以肯定的是，
你会越来越喜欢这样的自己。

什么样的女人，

才会像公主一样永远被人呵护呢？

我想应该是这样：

识时务，知进退，

懂得珍爱自己，

也只和宠爱自己的男人在一起。

在我们这个盛产好女孩的国度，她实在是一个异数。

她根本就活在规则之外，从来都不给自己设限。在她身上，你察觉不到与规则对着干的戾气，因为她压根就视规则为无物。

迷人和美貌并不一定画等号，
美貌的女孩比比皆是，
迷人的姑娘却万中挑一。

目录 CONTENTS

第
一
章

爱自己，
是我们最重要的事

第二章　与岁月坦然相处，精致到老

第三章 | 生活给我什么，我都收下

第四章　人生是苦的，你要学会给它加点甜

写给与岁月
一起成长的美丽女子

生命是用来享受的，
而不是用来受苦的。

第一章 ■

爱自己，是我们最重要的事

林青霞:文艺是一种救赎

关于林青霞的最新消息,是她获得了第二十届乌迪内远东电影节的终身成就奖。她亲赴意大利领奖时,出道45年,拍片过百部,她能够拿这个奖确实是实至名归。有趣的是,当天给她颁奖的,正是多年好友施南生(徐克的前妻,知名制片人),一对老友在台上相聚,一个优雅,一个利落,精气神都十足,充分证明了年过六十的女人依然可以风华绝代。

林青霞上一次出现在公众视野里,还是在《偶像来了》里,她的状态让我长舒了一口气。之前我也和很多"霞迷"一样,担心林青霞神话就此破灭,没想到她如此放松,如此自在,和年轻小姑娘们说说笑笑,打成一片。她的容貌已经不复年轻时那般令大家惊为天人,可眉目之间多了几分舒展,举手投足间仍是大家闺秀式的娴雅风度。

林青霞可能是我们这个时代最后一个走闺秀路线的女明星了,这并不是说她出身有多高贵,而是指她的所作所为永远都恪守着"温文尔雅"的规范。"林大美女"是伴随了她终身的称号,而我更愿意叫她"佳人",文艺时代最后的女神,

的确称得上是"绝代佳人"。

佳人和美女是不同的，和美女相比，佳人的内蕴显然更丰富，佳人一定是美女，美女却未必能够成为佳人。能够当得起"佳人"两个字的女星，一定是古典的、含蓄的，具有天生的贵族气质。正是因为这一份矜贵，她才是扮演白先勇《谪仙记》中李彤的不二人选，她自带的仙气，让她不演也像误入凡尘的谪仙。

她十七岁以《窗外》中的"江雁容"一角出道，从此成为琼瑶电影的御用女主角，一口气拍了十几部琼瑶原著改编的戏，从此奠定了她"文艺女神"的地位。老一辈人心目中她最美好的样子，永远是长裙翩翩、秀发如云。七八十年代的台湾，正是文艺气息最旺盛的时代，如果要为那个白衣飘飘的年代选一位代言人，那么非她莫属。

人类可以说是最容易被同类外表迷惑的动物了，在林青霞年轻美貌的时候，人们只要一看她演的那些角色，就觉得她一定是腹有诗书气自华。事实上，她年轻时并不爱读书，曾自嘲说二十几岁时，家里一本书都没有。

不爱读书并不妨碍她成为一个文艺女青年，至少她浑身上下都散发着文艺气息。在骨子里，她是亲近文艺、爱好文艺的，她的打扮、性格乃至于她的爱情走的都是典型的文艺路线。

也许是琼瑶的电影演多了代入感太深，年轻时的林青霞确实信奉琼瑶小说中那一套，那就是把爱情看得比什么都重要，重要到愿意为之生为之死。

她在演《窗外》时对搭档的秦汉的一见钟情，正是因为秦汉完全满足了一个文艺少女的幻想，她眼中的秦汉一袭白衬衫，头发长长的，气质忧郁而又特别，俨然是琼瑶笔下的白马王子再现。

他们的恋爱也是琼瑶式的，秦汉当时已有妻子，林青霞被讽为第三者插足，一次参加影展时没拿到影后，感情、事业双失意之下，差点儿服药自杀，幸好未遂。好不容易守得云开见月明，她听到了秦汉和妻子离婚的消息，却没有盼来他求婚的现实，最终爱情长跑了十几年，还是以分手告终。

为什么会分手？可能是因为林青霞的情感需求太浓烈，而秦汉满足不了她文艺范儿的恋情需要。也可能是因为两个人在般配的外形之下，内心并无太多相似之处。秦汉是典型的名门之后，父亲是国民党高级将领孙元良，自幼就饱读诗书，学过绘画，做过导演，是个名副其实的才子型演员。而林青霞出身于眷村，高考失意后就中断了学业。加上他比她大八岁，两人在学识、阅历等方面都有一定的差距。

秦汉曾说过，其实自己并不喜欢美女，因为他的母亲、姐姐都是非常漂亮的女人，平时搭档演戏的也都是名重一时的美女，美女对于他来说一点儿也不稀罕。他认为，"两人的结合最重要的是谈得来，能沟通。我这个人爱好很多，体育、旅游什么的都很喜好。我甚至不怕女性比我强，学识比我高，最怕没有话可以说，再漂亮也没意思。"

年轻时的林青霞，怕是很难拥有比秦汉更高的学识，而她惊艳了世人的美貌，在他看来也并不稀罕。亦舒曾评价她"美而不自知"，所谓"美而不自知"，很可能是因为她没有得到过充分的肯定和爱，所以对自己的美并没有太大信心。

总之那个时候的林青霞极不开心，染了一身的文艺病，整天伤春悲秋，后来她回忆往事，也深悔当时那么年轻那么美，却不知道享受青春，反而整天钻在牛角尖里出不来。

有一天她忽然想开了，做出了一个相当接地气的选择：放弃对她若即若离

的秦汉，嫁给把她捧在手心里的邢李原。

当她穿着私人订制的价值过百万的婚纱，对着全世界的影迷骄傲地宣布"我结婚了"的时候，我们都以为，她找到了此生的幸福，从此就会过上现世安稳、岁月静好的日子。

想不到的是，婚后没几年，就传来了她患上"抑郁症"的传闻。据说她连生二女，邢李原求子不得，已经在外面另筑金屋；更据说她的婚姻只是名存实亡，两人虽同处一屋，早已分室而居；还据说她已爆发了严重的抑郁症，被媒体拍到去看心理医生，在此期间，她母亲因长期受抑郁症困扰，从台北十二楼的住处一跃而下，自杀身亡。

"霞迷"们一度很担心，担心她走不出来，要知道，她在年轻时可以因为秦汉不去香港接她而哭上一个通宵，如今，她红颜老去，又面临着接二连三的打击，会不会像她母亲那样，一时想不开而走上绝路？

还好她熬过来了，没有人知道她经历了什么，只知道她再次出现在大众面前时，是以作家的身份。她的头发已剪得短短的，笑容里沉淀了历尽沧桑的从容，谈及自己的大半生，居然用了"圆满"两个字来总结。

再有人叫她"大美人"时，她笑着强调说："以后，不要叫我大美人，叫我作家。"

人们在她的故事中，看到的是一个美人的新生，而我看到的，则是一个文艺女青年的自我救赎。

林青霞可能自己也未曾想到，年轻时连一本书都不看的她，居然凭借着对文艺、对艺术家的亲近，挣脱了灰暗情绪的泥沼。告别了幕前风光的她，靠着写作、靠着对人生的反省和思索，一个字一个字地将自己救了出来。

她之所以能够走上这条路，离不开身边朋友的鼓励和支持。和一般女明星不同，林青霞酷爱和文人、艺术家们交往。早在台湾时，她就和琼瑶、三毛交好。到了香港后，她的闺中密友是施南生、龙应台等文艺界名流，龙应台那么眼高于顶的一个人，和她关系好得宛如姐妹，两人曾素面朝天地一起去逛菜市场。龙应台自诩为生活白痴，闭关写作时连饭也顾不上吃，这时候，林青霞就会拎着热气腾腾的饭菜送上门去，如同传说里的田螺姑娘。昏黄的灯光下，女作家拥着曾经的女明星动情地表白说：青霞，你就是我永远的"蚌壳精"。

连以挑剔闻名的章诒和都对林青霞高看一眼，为她的书写序，赞她是"昆曲的正旦，京剧里的大青衣"。

林青霞是真的热爱文艺，和文艺家们交往全凭至诚。她会专程搭飞机去听蒋勋讲《红楼梦》，会特意陪章诒和去逛街买衣服，会到医院去探访敬仰的学者季羡林，会煮好饭菜给龙应台送上门去，会真诚地欣赏和赞美她仰慕的每一个有才华的人。

一个女人曾经这样艳绝天下，却又如此谦虚、真诚，无怪乎她身边的朋友都爱她。还记得章诒和写的一个小段子，说有次约几个朋友吃饭，林青霞来得最晚，穿着一件新买的绿裙子，双手扯着裙子，跳着舞步，转着圈儿闯了进来，进门就竖起三根手指，得意地说："三百块，打折的！"董桥瞥了她一眼，说："谁能信，这个人快六十了。"

是啊，即使六十岁了，她仍然是朋友圈中的"不老美人"，文艺圈的大神朋友们一个个宠着她、捧着她，引她走上了一条通往艺术桃花源的林中小道。这条小道当然不如做明星那条金光大道那样闪耀，但她在此获得了真正的宁静和内心的富足。

白先勇曾夸她是个"慧心美人"，其实，她是经历了数十年的修炼和积累，

靠着一点灵性和不懈努力，才成为了名副其实秀外慧中的慧心美人。

应作家朋友马家辉的力邀，她在年近五十时开始写出了第一篇专栏：怀念黄霑的《沧海一声笑》，自此后一发不可收拾。那正是关于她婚变和患病传得最厉害的时候，她在睡不着的每个深夜里，独自一人跑到偌大的洗手间里去写作，每次都一直写一直写，直到听见清晨鸟叫。第一本书《窗里窗外》就是这样写出来的，后来又有了第二本书《云去云来》。

我几乎看过她的每一篇文章，很质朴的文字，有种文艺女生的小清新，她写使用计算机的感觉，感觉像是"仙人"；她写家乡的风，像父母的爱化成了家乡青岛的风，轻触着她的脸、她的发；她写拍《东邪西毒》的感受，导演为什么不给演员剧本，为什么要瓦解演员的信心，为什么演员千辛万苦演的戏会被剪掉？

她的文字是一架时光机器，搭乘着这架时光机器，我仿佛又回到了多年前的那个夜晚。那时候的我还只是小小孩童，守在邻居家的十四英寸黑白电视机面前，深夜时分，她出现在电视屏幕上，一袭青衣，微仰起头，骄傲而落寞地说："你们这些负心的天下人！"

现在我知道了，那只是她扮演的角色，她本人绝不像东方不败那样狂妄自恋，而是善于自省。这个世界待她并不一直温柔，可那又如何，她已经凭借自己的努力，和世界达成了和解。

年轻的时候，她的眼里只看得到自己没有的东西，因此很苦恼；现在的她，专注的则是自己拥有或者是拥有过的东西。这样的人生，当然会越来越圆满。所以不必去纠结她的婚姻状况如何，以她现阶段的智慧，应该自有化解烦恼的方法。

她的经历，总让我想起陶渊明笔下那个捕鱼为生的武陵人，来到一座山的入口，只见前方，仿佛若有光，循着光而行，一开始非常狭窄，仅容一人通过，走了数十步后，终于豁然开朗。

每个人生命中都有这么一段在幽暗的旅程中独自跋涉的时光，你无法依赖任何人，只能在狭窄的通道中踽踽而行。但是不要怕，因为前方还有微光在闪烁，只需循着光而去，终有一天会迎来豁然开朗的人生境界。

牵引着林青霞一直往前行的那道光，正是她挚爱了数十年的文学艺术。我相信，在幽暗中摸索了那么久的她已经找到了自己精神上的桃花源，那里落英缤纷、芳草鲜美，可以供一颗饱经沧桑的心在此长久安顿。

刘嘉玲：做个身段柔软的大女人

没有人生来就是女王，武则天在成为女皇之前，做过尼姑，受过白眼，差点儿连命都掉了。刘嘉玲没那么惨，但也没好到哪儿去，同期的女星大多万千宠爱在一身，只有她几乎把该吃的苦头都吃了个遍。

香港人爱把从大陆过去的女子叫作"北姑"，刘嘉玲当年就是他们眼中的"北姑"。她来自苏州，小门小户的女孩子，自恃有些美貌，也想学人家当明星，于是就去报考了 TVB 的艺员训练班。因为乡音未改，差点儿被打回去，她不想放弃，请老师教她，一周练三天，大声唱粤语歌，大声读新闻，跟着老师逐字纠正发音，成为唯一一个从内地去香港两年就能用粤语演戏的演员。

第一次扮演的角色是 83 版《射雕英雄传》中的一个宫女，只有一句台词，是对华筝说："公主你醒了？"她也不气馁，老老实实地熬，从小配角做起，终于也成了 TVB 的"九龙女"，与吴君如、曾华倩等齐名。

香港人集体不看好她，笑她的口音，笑她不会穿衣服。那些年，她成了香港的"群嘲对象"，八卦小报也爱写她，知道大家就爱看她出糗的新闻，可这也挡不住她成为八九十年代最红的女明星之一。

明朗少女刘嘉玲，还没经历过什么世事，做什么事都有些太用力、太急于求成。这从她和富家公子许晋亨的恋情中可见一斑。她和许晋亨恋爱时，单方面向媒体宣布订婚。许家见不得她这么高调，坚决不让许晋亨娶她进门。两人分手之后，她仍住在他的房子里不肯搬走，不免给人赖着不走的感觉。

媒体本来就不喜欢她，这下更是舆论哗然，齐齐嘲笑她"攀高枝"的美梦成空。这件事让她见识到了世人的势利，使她明白了娱乐圈不相信眼泪，更加不会同情弱者。吃一堑长一智，从那以后，她学会了打落牙齿和血吞，再也不让人们有机会看到她哭泣的样子。

不在人前流眼泪，是她成为女王的第一步。

1990 年 7 月 17 日，她在驾车前往苗侨伟家打牌的路上被三名大汉绑架，梁朝伟当即报警。三小时后她现身，脸上没有泪痕，淡淡地说：只是劫财，没有被劫色。

直到很多年以后，她当时被迫拍的裸照被《东周刊》曝光，人们才知道她经历了什么。这次整个香港都和她站在了一起，明星们一齐上街举牌游行，抗议《东周刊》的行为。可她接受电视台的访问时，一滴眼泪都没有掉，还勇敢站出来说：我今天来这里，想对爱护我的人、支持我的人，和一些想伤害我的人说同一句话：我比我想象中更坚强。如果这样一件令人难过的事，可以令大家警觉到传媒的专业操守对大家的生活环境的重要性，那其实我受到伤害，真的不算是什么。所有的困扰和愤怒，我都可以释放。

因为这件事，不单是香港，全世界都对她刮目相看。不是因为她的悲惨遭遇，而是因为她的坚强、豁达。人们有可能会怜惜弱者，但真正赢得人们尊敬的都是那些打不倒的强者。

这样的事，换成其他女星，可能会哭出一个伤心太平洋来，可她却有本事将逆境化为转机。这是她成为女王的第二步。

她曾说过：我是一个在逆境中成长的人，我觉得自己不会有掌声。

话说得有些心酸，但的确是实情。她的成功确实来得太不容易，娱乐圈不比后宫好混，同期出道的张曼玉拿奖拿到手软了，她还在演着些热闹却没什么辨识度的角色，五次提名金像奖次次落空。

熬着熬着，她倒慢慢心平气和了，在电影《阮玲玉》中，她甘做配角，坐在张曼玉扮演的女主角旁，笑靥如花地对着镜头说："希望以后大家看这部电影时，能记住一个叫刘嘉玲的女演员。"都说她演技平平，其实她和张曼玉的几次交锋都不算弱，她演起戏来，有种豁得出去的生猛劲儿，巨星云集的《东成西就》里林青霞、王祖贤扮女神，张曼玉演国师，她索性豁出去女扮男装演周伯通，结果和"香肠嘴"梁朝伟一起成了全片的搞笑担当，比女神、国师更有存在感。

她给我印象最深的角色，是《大内密探零零发》中阿发的妻子，戏中她一袭红裙，对着疑似出轨的丈夫泫然一笑，说："老公，你肚子饿不饿，我煮碗面给你吃好不好？"那种强颜欢笑的凄楚，被她演得甚是动人。

感情上，她同样熬了太多年。她和梁朝伟，算得上识于微时。当时梁还是曾华倩的男朋友，两人闹别扭时曾让她去试探下梁朝伟，结果这一试，她试出了这个男孩子人不错，果断地占为己有。

曾华倩当然不忿，但多年后提起来也不得不心悦诚服地说："她比我更适合伟仔。"

很多梁朝伟的粉丝总觉得她和梁不大搭调，梁朝伟生性敏感闷骚，除了拍电影外几乎不食人间烟火，不爱交际，不拍戏就在家听摇滚，闷了就跑到伦敦去喂鸽子。而她却活得太热闹了，热衷于呼朋唤友，最爱叫一桌人来打麻将，张国荣、王菲都是她的牌搭子。

殊不知，正是这种反差，让他们互为补充，难以割弃。她和梁朝伟爱情长跑二十年，传过无数次分手，最危急的时候，梁朝伟去参加戛纳的颁奖礼，一手牵着她，另一只手牵着张曼玉，据说和张十指相扣。面对记者幸灾乐祸的追问，她笑出一脸云淡风轻，称会尊重梁朝伟的选择。

他当然还是选了她。这么多年的相依相偎，他已经离不开她了。在家里，他是甩手掌柜，一装修就玩失踪，她把房子装修好了，再叫他回来住。他只管赚钱，理财的任务交给她，她擅长理财投资。

影迷们不明白梁朝伟为何会弃张而选刘，其实道理很简单，张曼玉也是云端上的仙子，仙子与仙子怎么一起过日子？男人都爱仰慕仙子，可娶回家的那个女人，一定要接地气。她也许并不是他的灵魂伴侣，却能给他俗世的温暖。这样的温暖是他割舍不下的。

熬了那么多年,她总算熬到了滴水成珠。她和梁朝伟的世纪婚礼在不丹举行，不丹国王亲自现身祝贺，半个娱乐圈的人前往赴宴。四十三岁的她穿上了大红的礼服，站在新郎的旁边，头微微仰起，眼神中有扬眉吐气的快意。

四十五岁时，她凭着《狄仁杰之通天帝国》中的武则天一角，获得了金像奖的女主角。她捧着奖杯，笑着对所有人说："没想到拿奖这么开心！"戏里戏外，都是一派君临天下的风范。属于她的掌声响得有点迟，不过没关系，迟来的掌声更加持久。

影评人文隽曾说："如果说二十一世纪的今天，当代女星中，谁最配'传奇'两个字，我首推刘嘉玲。刘嘉玲的经历绝对是一本通俗小说的最佳题材。"

她的一生，跌宕起伏，从不被看好到扬眉吐气，确实称得上一出传奇。如果说年轻时的她像钻石般明亮夺目，现在的她则像玉一样光华内敛。她和这个世界逐渐达成了和解，以前的用力过猛变成了现在的举重若轻，以前的锋芒毕露变成了现在的圆融通达。狗仔们笑了她许多年，又赞了她许多年，渐渐和她形成了亲人一样的关系。她去不丹举行婚礼时，有狗仔问拍不到照片怎么办，她玉手一挥："到时传给你们。"后来，她果然说到做到，婚礼当天就传回了照片。她有女人中少有的大气，骨子里是个大女人，身段却是柔软的，这是她屡屡碰壁之后总结出的生存之道。

她真的是生命力丰盛，同龄女星们一个个隐退了，只有她还活跃在公众视野。她的美经过岁月的磨洗后，少了几分明朗和天真，却多了几分沉甸甸的韵味，比以前更有味道了。再不喜欢她的人，见了她也得尊称一句"嘉玲姐"，这是她辛苦挣来的江湖地位，任谁也不能动摇。

香港这个地方，尽管也有势利的一面，好在也承认每一个人的努力。一直在奋力默默争上游的刘嘉玲，终于赢来了香港人的青睐。香港有两朵玫瑰，她们都在电影里演过玫瑰的角色，白玫瑰是张曼玉，红玫瑰是刘嘉玲，白玫瑰高洁出世，红玫瑰则娇艳丰盛。最后，白玫瑰成了香港人为之仰望的白月光，红玫瑰却成了贴在胸口的朱砂痣。

与洋派的张曼玉相比，反倒是曾经的异乡人刘嘉玲更能代表这座城市的精神。香港是一座欲望之都，也是一座世俗之城，没有人比她更衬得起香港的热闹、进取和生机勃勃。

这一朵盛开在香港流金岁月的玫瑰，不仅是梁朝伟一个人的红玫瑰，更是全香港共同的盛世玫瑰。

王菲：好女孩上天堂，酷女孩得天下

知乎上有一个问题：什么样的女孩才能称为"酷女孩"？

下面是获得高赞的几个回答：

满不在乎地把一切做好，有自己的独立思想并为之努力；

能够靠自己过想要的人生，不随波逐流的女孩；

不给自己和世界设限的女孩；

大概是不和任何一切纠缠吧；

……

瞬间想起王菲。在我心目中，"王菲"这个名字基本可以和"酷女孩"画等号，上面说的任何一条有关酷女孩的定义她都符合。她活得如此超前，以至于快五十了，仍然是我们这个时代唯一配得上"酷女孩"这个称号的人。

陈丹青形容鲁迅："这张脸非常不买账，又非常无所谓，非常酷，又非常慈悲，看上去一脸的清苦、刚直、坦然，骨子里却透着风流与俏皮。"

如果把"清苦、刚直、慈悲"这几个词去掉，将这段话借用过来形容王菲竟然也十分贴切。她给人的印象不就是这样吗？非常不买账，又非常无所谓，一脸爱谁谁的坦然，掩不住骨子里的风流与俏皮。

作为一个酷女孩，她必须拥有满不在乎的人生态度。

王菲的身上，就有着这股浑不吝的劲儿。她是北京人，尽管成名于香港，但并没有多少港味儿，仍然是个大大咧咧的北京大妞。北京人所说的"飒蜜"就是她这种，飒爽、大气，透着种游戏人间的欢乐气息。

香港的娱乐圈竞争激烈，每个人都削尖了脑袋想往上爬。可在王菲身上，你看不到这种"拼命三娘"的狠劲，也看不到刀口舔血的苦相，看到的只是云淡风轻，一派天真。

你可能会说那是因为她活得太顺了，在香港，连张国荣都要熬上十年才出头，王菲呢，出道几年就大红大紫，然后一直都很红，只有她，才有资格在年纪轻轻时就抱怨说："我现在最大的烦恼，就是太红了！"

的确，她比一般人的星途要顺利得多，但这并不代表她没有过坎坷。刚出道时，她还是个叫王靖雯的小歌手，被公司包装成黑夜怨妇，不受重视，唱的也都是些大众化的幽怨情歌。年轻时到纽约进修音乐，慕名签约了罗大佑的音乐工厂，谁料老板罗大佑对她并不重视，她当然不服气，居然跟老板说："你不要这样子对我们爱理不理的，将来我们可都是你的摇钱树哦。"气得罗大佑当即和她解了约。

由此可见，当王菲还是王靖雯的时候，着实受过一些冷落，吃过一些苦头。可她最大的特长是擅长举重若轻，再大的事在她那里也能够化成一缕轻烟。竞争激烈的娱乐圈在别人看来是个斗兽场，在她眼里只不过是个供自己游戏的天地。她当然也想红，也想出名，可做这一切的时候是抱着无可无不可的态度，能做到固然好，不行也无所谓。

作为一个酷女孩，她还拥有我行我素的个性特质。

现在都在说"做自己"，可放眼整个娱乐圈，真正做到了"做自己"的明星并不多，王菲就是其中的一个。连宋丹丹在这方面都自叹不如，评价说"自己可以说是几乎不作秀，王菲是从来不作秀"。

"几乎不作秀"已经很难了，要做到"从来不作秀"更是难上加难，我们普通人尚且做不到，更何况是以浮夸闻名的明星们。

王菲却真的做到了，她从来不考虑世俗的眼光，爱做什么就做什么，做一件事的出发点总是"我喜欢"，而不是"别人怎么看"。

她的演唱会，基本上可以称为"三无演唱会"，大多是无嘉宾、无交流、无返场，整台演唱会下来，她顶多说声"谢谢"。

当别的明星都致力于与媒体搞好关系时，她却以"怼"媒体出名。她和窦唯离婚时，有记者问她是否已办好离婚手续，她冷冷地抛出一句话：跟你有什么关系？还有一次，记者问她《你快乐所以我快乐》中的"你"指的是谁时，她懒懒地答：泛指，爱谁谁。

她不仅怼记者，连权贵都敢怼。英皇老板杨受成想签她，特意在铜锣湾名表店买只几十万的手表送她，结果她一个白眼怼回去：谁要你送啦，我没钱自己买啊？

如此耿直，反为她赢得了"高冷天后"的名头。可王菲是个不按常理出牌的人，你们塑造了一具云端仙子的金身，我偏偏要自毁金身。她不在乎什么天后不天后的，照样想干嘛就干嘛，想说什么就说什么，管他什么高冷不高冷。

私底下她很爱打麻将，张国荣上节目就爆过她的名言："说我唱歌不行，我认了；说我打麻将不行，我死都不认！"有次她上节目，主持人夸她是国际巨星，她笑笑回应：你们就吹吧！

与其说她活得高冷，不如说她活得真实。从香港搬回北京住的她更接地气，也更加放飞自我了，她玩微博、写段子，和童童在演唱会上互动，带着两个女儿一起在慈善舞会上尬舞。人们说她自毁形象，其实她根本就不在乎，就像她歌里唱的那样"破碎就破碎，要什么完美"。

演艺界人设崩塌的新闻层出不穷，只有她，屹立潮头，金身不败，因为她从不玩人设，她只是活出了自己的本色。连和她争锋多年的郑秀文都佩服地说："我们都是艺人，只有王菲是 Diva①。"

作为一个酷女孩，最关键的是拥有不和一切纠缠的洒脱性情。

这点王菲表现得尤为明显。论拿得起放得下，她认第二的话，我相信没有人敢认第一，这从她轰轰烈烈的三段恋情中可见一斑。

第一段是和窦唯。

---

① 在流行音乐高度发达的今天，中国对于在音乐方面有成就的女歌手称之为天后，而在欧美，天后的英文名就是 DIVA，这一名词取材于词典释义"（歌剧的）女主唱者"。

姑且不论谁是谁非，王菲对这段感情的投入可以说是天地可鉴。当年菲迷们都被一张照片惊住了，照片里，王菲素面朝天，趿拉着一双拖鞋准备去上外面的公厕。反正我当时就震惊了，因为她可是王菲啊，贵为天后级人物，居然肯为了一个男人清早去公厕倒痰盂！

窦唯在感情里的犹疑以及两人之间的落差让外界并不看好他们，她却写了一首歌来唱出自己的心声，那就是《执迷不悔》：别说我应该放弃，应该睁开眼，我用我的心，去看去感觉。你并不是我，又怎能了解，就算是执迷，也执迷不悔。我并不是你们想得那么完美，我承认有时也会辨不清真伪……

可惜感情是两个人的事，即使她执迷不悔，也需要对方肯接受才行。奉女成婚后没多久，窦唯就爆出有了新欢高原，甚至公开对媒体介绍说：她是高原，我的爱人。

如此轰烈，最终以离婚告终。

换成其他女人，可能会借机控诉如何被渣男辜负、被小三伤害，可王菲始终一言不发。那么投入，一定很受伤吧，可王菲就是王菲，她不愿意把伤口展现给别人看。

那之后没多久，就传出了她和谢霆锋相恋的消息。

如果说"窦王恋"轰轰烈烈，"锋菲恋"就可以用"惊世骇俗"来形容。她比他足足大了十一岁，相恋时她三十岁，他才十九岁。当媒体纷纷猜测他们之间的关系时，她在梁朝伟获戛纳影帝的庆功宴上，大大方方地拉起了他的手，等于霸气地宣称"这是我的男人"。第二天见报的照片中，她一脸坦然，微笑着面对镜头，他却略有些羞涩。

关于他们相恋的细节已经曝光得太多了，印象中最深刻的反而是她说过的一句话：反正男人都是花心的，不如找个帅一点的。

"锋菲恋"里，她占取了绝对的优势和主动权，小谢对这个天后姐姐，满是崇拜和仰慕。可他毕竟还只有十九岁，心性未定，于是在她和张柏芝之间一次次摇摆，最终导致了两人分手，更印证了她"男人都花心"的预言。

分手后，她照例一言不发，该唱歌唱歌，该演戏演戏，人们也习惯了她的若无其事。

再之后她嫁给了李亚鹏。

前面两段恋情都是她主动出击，这次却是李亚鹏用短信攻势俘获了她的心。她可能也是有点累了，恰好有个诚实可靠的男人出现在眼前，索性就停下来歇一歇。有记者恭喜她为女儿窦靖童找到了新爸爸，她冷冷地说："童童有自己的爸爸，我是在找我的伴侣。"为段子界又贡献了一个金句。

看得出两个人对待婚姻都是认真的，他们在一起时，王菲有点画风突变，经常穿着一身正式的西装，跟着李亚鹏去办晚会、做慈善。她应该也是爱李亚鹏的，所以才愿意做这样的转变。

可这终究不是她的本性，他们相爱长达十年，还是以分开告终。离婚后，李亚鹏颇有些恋恋不舍地发微博说："怀念十年中所有的美好时光。爱你如初，很遗憾。放手是我唯一能为你做的。希望你现在是快乐的，我的高中女生。"王菲的分手宣言则显得更洒脱："这一世，夫妻缘尽至此。我还好，你也保重。"

都说王菲太过高冷，可我觉得她情商着实不低。光看她处理几段感情的方式，就会让人佩服她的通透和豁达。她就是这样，爱一个人能够全力投入，哪怕与全世界为敌，分开时也能够毫不纠缠，全身而退。后一点比前一点更难做到，多少女人拿得起却放不下，唯有她，真的来去如风，自由自在，这才是真正的"不困于心，不乱于情"。

想必谢霆锋就是被她的这种酷劲儿吸引的吧，所以才会在与张柏芝离婚后，毅然与王菲复合。对于有些人来说，爱情从来都无关年龄、外貌，而是关乎心灵的呼应和灵魂的一致。本质上，也许小谢和王菲才是一类人，他们骨子里都很摇滚，很朋克，是那种生活在云端的人，对世俗的幸福并无太大兴趣。他们喜欢的关系，一定是要让彼此都轻松、自在，无拘无束的，太过沉重的感情他们负担不起，也并不想要。

上次看到汪贵贵写的一篇文章，剖析张柏芝和王菲的差别，可谓一针见血。她们代表了不同的人生态度，一沉重一轻松，张柏芝用力过猛，王菲举重若轻，所以前者永远都没有后者洒脱。

看到这时，我顿时醒悟到，为何我一直更加偏爱张柏芝。因为我和她性情相近，都是用力过猛的那一类人。我怜惜她，就像怜惜那个活得太过沉重以至于无法轻松起来的自己。而王菲，是高蹈入云的仙子，只能供我这种升斗小民顶礼膜拜，却无法亲近。我仰慕王菲，却把更多的怜惜和喜爱给了张柏芝。

张柏芝看似叛逆，其实是很传统的，她始终以世俗的规则来要求自己，结婚后用心相夫教子，尽力做一个好妻子，离了婚则用心做一个好妈妈。有时看着她卖力的样子，都会让人感叹做个好妻子、好妈妈实在是太累了。

王菲不一样，她根本就活在规则之外，从来都不给自己设限。在她身上，你察觉不到与规则对着干的戾气，因为她压根就视规则为无物。

她是个彻头彻尾的"酷女孩"，真正实现了想怎么活就怎么活。在我们这个盛产好女孩的国度，她实在是一个异数。令人惊讶的是，这个游离于规则之外的局外人，最终却得到了她想要的一切：爱情、亲情、事业和自由。就拿育儿来说，她带着孩子逃课，领着女儿们一起热舞，鼓励她们去做自己喜欢做的事情，她成功地证明了，做母亲的完全可以不放弃自我，也能让孩子们快乐成长。

舒淇：越自在，越美丽

时间拿有些人完全没办法，比如舒淇。

看她和冯德伦拍的创意婚纱照，总是让人心生讶异，真不敢相信，镜头中的这个女孩子已经四十岁了，她的眼神还是那么清澈，气质还是那样灵动，哪里像个四十岁的女人？

舒淇是我唯一愿意用"女孩子"来称呼的女明星，哪怕到老了，我还是喜欢称她"女孩子"，她的身上，永远洋溢着一种少女气息，健康、明朗，眼神清亮如林间小鹿。

如果要选出越长越好看的十大女星，舒淇绝对可以杀入前三甲。看她出道时演的电影，黑黑瘦瘦的，虽有几分黑里俏的风采，但一看就是个从台湾乡下来的黄毛丫头，五官好像还没长开。而现在的她呢，一张脸褪却了稚气，眉目越来越舒展，举手投足间轻盈如风。

"轻盈"是她给人的第一印象。在她的身上，你几乎看不到生活碾压过的痕迹。电影中的她总是轻快的、雀跃的，有一种侠女式的明快爽朗。

她孩子般天真的长相，总让人想起陈丹青对美国人的形容——长着一张没被欺负过的脸。事实上，这完全是一种错觉。熟悉她的人都知道，在很长一段时间内，她都是顶着漫天恶意在负重前行，过得非但不轻松，反而有些沉重。

这和她的出道经历有关。

舒淇出身于台湾一个贫苦的家庭，小时候家里很穷，全家人从来没吃过一顿稍奢侈点儿的大餐。父母对她实行的是"棍棒教育"，邻居常常会看到她妈妈拿着棍子追着她满大街跑。在缺乏温情的环境下长大，舒淇自小就养成了独立、叛逆的性格，十几岁就辍学、混夜店，频频离家出走，习惯了自己的事自己做主。

这才可以解释她为什么会以拍摄三级片出道。她从来都不是受人呵护的小公主，十几岁的贫穷女孩子，除了上天给的好样貌一无所有，又急于摆脱家庭自立，急于扬名立万，做"脱星"看起来是最快的那条方式了。

她在台湾出道就拍了几部情色片，后又被王晶发掘，过埠香港，一口气拍了《红灯区》《玉蒲团之玉女心经》等三级片，凭着骄人身材和不菲演技，果然一"脱"成名。

她运气着实也不错，刚崭露头角，就被尔冬升邀去主演《色情男女》，与张国荣对戏。这部片子讲尽了未成名小导演和三流艳星的心酸，也让她成功转型，一举拿下了香港金像奖最佳女配角、最佳新人两个大奖。

从那以后，她就走上了"把脱过的衣服一件件穿回来"的转型之路。走在这条路上的前辈有叶玉卿、李丽珍等，但没有一个走得像她这么艰难。一度，人们总是以暧昧的眼光看待她，不相信她能摘掉"脱星"的帽子，连母亲也接

受不了她拍过的大尺度艳照，抱怨说女儿让自己太难堪。

也许到这时候她才发现，世上原本就没有什么快捷方式可言，很多时候，你自以为踏上了一条快捷方式，结果却要花更多的时间绕回到正道。

比转型路更难走的，是她的情路。很多拍过三级片的女星感情都还算顺利，叶玉卿早早嫁入豪门，邱淑贞也如愿嫁给了有情郎。舒淇，却在坎坷的情路上跋涉了很久。

最心酸的莫过于和黎明那段情。

1998 年，舒淇和黎明因拍摄张婉婷导演的《玻璃之城》而结缘。张婉婷是华人导演圈中难得的能将文艺和商业相融合的女导演，《秋天的童话》和《玻璃之城》堪称张氏爱情文艺片的双璧。

《玻璃之城》拍得很唯美，全片都笼罩在一种挥之不去的感伤气氛之中。戏内，黎明饰演的港生对舒淇饰演的韵文深情地表白说："我手上的爱情线、事业线、生命线，都是你的名字拼成的。"戏外，他们也因戏生情，可惜男主角对女主角远没有电影中那样情深似海。

那时，像黎明这种天王级别的巨星谈恋爱是绝不可以公之于众的。之前，他和李嘉欣谈过恋爱，李大美女受不了他遮遮掩掩的态度，愤然抽身离去。后来换了舒淇，却远远没有李嘉欣那么洒脱，没办法，她对感情的投入要远甚于后者。

他们在一起七年，舒淇就做了七年的"影子"女友。黎明的粉丝们出离愤怒，他们深信，像舒淇这样的"艳星"是绝对配不上黎明的。这七年间，舒淇除了承受粉丝们的指责，还得承受黎明的犹豫和自私。

黎明应该也是爱舒淇的，不然也不会传出他为她自杀的传闻。可他毕竟还是爱自己更多一些，所以才会在酒店幽会撞上记者时，自己一个人从酒店另一个出口迅速跑掉，留下惊慌失措的舒淇独自面对难缠的狗仔。

舒淇本来是想以自己的隐忍来换得黎明的怜爱，可惜她不是朱丽倩，没有那般忍辱负重的本事。退一万步说，就算她想做朱丽倩，男方的家人也决不会接受，朱是家世清白的富商之女，她舒淇哪一点儿比得上？

一段摇摆不定的感情比失恋对人的打击还要大，那段时间舒淇深深地为情所扰，体重暴跌了九公斤，甚至还患上了抑郁症。

七年苦恋，最后还是分了手。

她返回台湾拍戏，他后来娶了乐基儿，一个神似她的女子，从他挑选妻子的口味来看，倒是证明他确曾真心爱过她。

离开了黎明的舒淇成了侯孝贤的御用女主角，从商业片转战文艺片。有了侯孝贤的加持后，她好像一下被打通了任督二脉，演技开始突飞猛进，并凭着《最好的时光》斩获了金马奖最佳女主角。

正是拍这部片子时，她和张震传出了绯闻。

这又是一个令人心酸的故事。他们在屏幕上如此登对，宛如金童玉女，以至于喜欢他们的影迷也不禁期待，这一对要是能弄假成真该有多好。

舒淇对张震应该是挺有好感的，不然她也不会在做客《康熙来了》时大大方方地说：如果张震主动追她，她一定会答应。

正当粉丝们都暗搓搓地希望他们在一起时，却传来了张震结婚的消息。新娘自然不是舒淇，而是他的助理庄雯如。张震大婚时，大家都猜想舒淇不会去，可她还是去了，还打扮得漂漂亮亮的，还开心地接下了新娘扔给她的捧花。

可她终究还是有些介意的，所以才会在《聂隐娘》的发布会上，当张震说出"田季安对隐娘是逝去的爱"时，她微带酸意地回怼说："可你还不是娶了别人！"粉丝们都把这话当了真，我却觉得她是在半真半假地开玩笑，以她的个性，不太可能如此严肃地声讨。

有句据说是舒淇所说的名言流传甚广，相传她在金马奖的典礼上，眼含热泪地说："我要把脱掉的衣服一件件穿回来。"后来她笑着澄清说，这话很精彩，但并不是她说的，接着她说了一句更精彩的话："我从来就没想过要把脱掉的衣服穿回来。"

这才是舒淇会说出的话。每个人面对恶意和质疑的方式不一样，有人会金刚怒目，愤起回击，舒淇却擅长轻松笑对，于无形中化戾气为祥和。你们尽管质疑你们的，她只管埋头拍她的戏，自有作品替她说话。

关于如何排解负面情绪，她说自己"不开心的事很快就忘记了"。要想开开心心地活下去，记性的确得坏一点。倘若记性太好，老是困在烦恼里出不来，那就会成为生命中不可承受之重。

舒淇选择的是一种较为轻松的活法，她的气质天生有些慵懒，好像什么都不介意，什么都不放在心上。这种心态保全了她。当年李安拍《卧虎藏龙》时，本来第一时间邀她出演，岂料她的经纪人文隽脑子进了水，推了这部戏让她去接更来钱的广告，让舒淇大为光火。事后《卧虎藏龙》火遍全球，要是其他女明星，可能会为此懊恼半世，舒淇可没有，她很快就调整心态，继续挑她中意的本子，演她喜欢的戏。

错过了一个玉娇龙，又迎来了一个聂隐娘，她深刻证明了"是金子总会发光的"。

她走的路虽有些迂回，总体来说方向还是对的。多少同时代的香港女星无戏可拍，她却在台湾与大陆、文艺与商业之间游走自如，三十五岁之后慢慢晋级一线女星之列。

事业上峰回路转，感情上也随之柳暗花明。四十岁这年，她嫁给了冯德伦，他们相识十几年，原本是彼此最好的朋友，结果多年好友成夫妻，真是皆大欢喜的结局。能够做这么多年的朋友，说明他们在心性上是相近的，具有类似的价值观和人生态度。对于他们来说，生命是用来享受的，而不是用来受苦的。

冯德伦是出了名的大玩家，出身富贵，多才多艺，会拍戏，会唱歌，还能当导演，以玩家的心态在娱乐圈一玩就是数十年，谈不上大红大紫，至少也不差钱。他吸引舒淇的，可能就是这种轻松写意的玩家气质吧。

他们的婚礼也很随意。两人结伴到国外旅游时，经过一处古堡，冯德伦突然生出了天长地久的想法，就对舒淇提议说："不如我们结婚吧。"舒淇笑眯眯地回答说："好呀。"

见惯了明星们一掷千金的豪华婚礼，见到他们如此简约、随性的婚礼还真有点儿不习惯。婚纱照追求的是"自然风"，一切从简，舒淇就这样穿着一件只值两三百英镑的普通婚纱，戴着从街边小店买的头纱，捧着一束路边顺手买来的玫瑰，把自己嫁给了冯德伦。照片里，两人甜蜜互动，搞怪谐趣，如果不是多年的老友，还真难有这样的默契。

很多女人都渴望有一个奢侈、浪漫的婚礼，其实婚礼如何并不重要，重要的是，对方是否能带给你浪漫的感觉。嫁给一个对的人，无论多简约的婚礼都是浪漫的。

岁月真是厚待舒淇，带走了她的青涩和拧巴，却留住了她的天真和深情。经历了那么多风风雨雨，仍然能够去爱，去投入，去享受生命赋予自己的一切，这样的状态真是好啊。

我特别喜欢看她的微博，她在上面晒美食，晒心情，晒满脸雀斑的素颜照，在女神和女神经病中自由切换，充分展现了一个四十岁的女人能够活得多么自在。舒淇是那种少有的受同性喜爱的女明星，人称"老徐"的徐静蕾就很欣赏她，总是和她一起过生日，去旅行，还在微博上毫无保留地夸奖她好看。

巧的是，舒淇和老徐居然是同月同日生，只是老徐大两岁。她们还真有点儿像，都是那种不疾不徐的性子，任外界如何喧嚣，依然按照自己的节奏慢慢生长着。

青春不再又如何，对于她们来说，现在就是最好的时光。现在的她们，既放得下过去，也配得起将来，早已达到了"笑看云卷云舒、花开花落"的境界。这是岁月赐予她们的最丰厚的礼物。

莫文蔚:特别比美貌更重要

重新看到莫文蔚,是在一个音乐节目里,她翻唱了一首《大王叫我来巡山》。站在舞台上的她浅笑吟吟,眼波流转,将一首原本充满童真的歌演绎得别具风情,一开口就迷倒了全场。

听过很多个版本,还是觉得莫文蔚的这个版本最棒,这首歌中有一句歌词:"我是一个努力干活儿,还不黏人的小妖精",简直就是为她量身定做的。长久以来,她给人的印象就是如此——一个毫不黏人的小妖精。

像小妖精一样的莫文蔚是很迷人的,这点特别难得。因为迷人和美貌并不一定画等号,美貌的女孩比比皆是,迷人的姑娘却万中挑一。有些女星很美,但千人一面,一点儿都不迷人,有些女星并不美,却个性十足,十分迷人。以花来相比的话,前者是塑胶花,后者是解语花;最大的区别可能在于是否具有独特个性,有了个性,才会生动,才会活色生香。

莫文蔚之所以如此迷人,可能是因为她足够特别。

她的长相就很特别。

老实说，她绝非传统意义上的美女。以前读书时，曾经有个不喜欢她的男生评价说："莫文蔚和'漂亮'没有关系。"话说得有些刻薄，可确实代表了广大直男的真实想法，直男心目中的美女，是关之琳那样的，有着精致得无可挑剔的五官。

莫文蔚呢，五官可挑剔的地方太多了，直男们会嫌弃她眼睛不够大，嘴巴不够小，鼻子不够挺。作为一个长得不符合传统审美的女星，她有没有嫌自己不够完美？

答案是，完全没有。她对自己的长相充满了信心，每当有记者采访她，以"虽然你不够漂亮"开头时，她就会毫不客气地打断说："我觉得自己很漂亮。"

一个女人，可以不美，但一定要有美女范儿。所谓美女范儿，就是深信自己是个美女。莫文蔚就是如此，而且她的信心并非毫无凭据，虽说她长得不够精致，但拥有那样修长的玉腿，那样挺拔的身姿，这一切都足够让她骄傲。

莫文蔚的聪明之处，在于她懂得突出自己的优势，而不是去迎合大众审美。久而久之，挑剔的观众们都被她的大长腿和无敌身段征服了，提起莫文蔚，人们首先想到的是性感、迷人，而不是她不够美。那些纠结于自己长相并不完美的女生真该向莫文蔚学习下，学习她永远自信满满，学习她从来不会照着某种范本去调整自己的脸容。

在美女辈出的香港演艺圈，莫文蔚杀出了一条血路，靠的不是美貌，而是她的独特。

在圈内，莫文蔚是以特立独行闻名的。

她是圈中罕有的"学霸型"明星，出身于书香世家，曾是第一届"香港最杰出学生"，中学时就获奖学金到意大利读高中，在伦敦大学主修的是意大利文学。精通五国语言的她总给人一种"洋妞儿"的感觉，其实她是在香港土生土长的，沐浴过欧风美雨，性格确实相当洋派、开放。

莫文蔚说自己"天生就爱表演"，三岁时就会拿纸巾筒当话筒唱歌给家人听，家境优越的她做这一行纯粹是出于喜欢。她大学还没毕业就出道了，那时公司像包装其他女艺人一样包装她，让她穿着长裙，展露甜甜的笑容扮玉女，但第一张专辑《Karen》惨败，只卖出去八百张。

"这不是我的路线！"莫文蔚很反感被包装成那样，从那以后，她开始走自己的路。

比如说，她用裸露出整个背部的照片做新专辑的封面。照片里，她玉腿修长，臀部翘挺，身材那样火辣，眼神里却没有一丝杂质，让保守的香港人第一次知道，裸露也可以如此高级。

穿奇装异服，她穿过全身镂空的裙子，剃过光头，"那时香港和台湾都没有人这么穿，但我觉得没人穿不代表不能穿，你必须穿着这些奇装异服勇敢地站出来，特别是在演艺界。"

她的演唱会更是以标新立异闻名，她可以穿着热裤大跳钢管舞、可以和好友梁咏琪相拥亲吻、可以放肆热吻男嘉宾小齐，敢把浴缸搬上红馆大玩"泡泡浴"，还会在唱到 High 时爬上钢琴。

都说她不走寻常路，其实她只是勇敢做自己。奇怪的是，当公司将她包装成"玉女"时，她的唱片惨败，当她选择忠于自己后，星运却不可思议地好了起来。1997年她推出首张国语唱片《做自己》，一下大卖了八十万张。

"莫氏情歌"由此横空出世，最风靡的，可能还是那首《盛夏的果实》。那个夏天，几乎所有人都沉醉在她的歌声里。莫文蔚的声音沙沙的，初听的时候觉得有点怪异，听多了就会发现有种特别的性感，就像她的人一样，辨识度极高。

作为歌手的莫文蔚是很特别的，作为演员的莫文蔚更是独树一帜。从来没有一个女星，像她那样在电影里毫无顾忌地扮丑，印象中她好像很少演正常的角色，要么扮丑女，要么扮女神经病。

在王家卫的《堕落天使》里，她为了演好那个神经兮兮的金毛玲，开始将头发全部染成红色，后来又剃了个大光头，如此不惜形象，果然让她一举摘取了香港金像奖的最佳女配角。

《食神》里那个她扮演的龅牙火鸡姐，真是丑得触目惊心。当初导演找人演这个角色时，听说要扮丑很多女明星都拒绝了，找到莫文蔚时，她很高兴地接受了，因为"太好玩了，很不一样"。

这么不同寻常的女人，一定也拥有不同寻常的爱情。

在爱情方面，莫文蔚对于男人的品位很稳定，她喜欢帅哥，尤其是才华横溢的帅哥。和她传过绯闻的男人，任贤齐、黄品源、王力宏……都是名重一时的帅哥才子。

她公开承认过的圈内男友只有两个。最著名的是周星驰，他们是在拍《大话西游》时传出绯闻的。当时周星驰的正牌女友是朱茵，那可是艳冠一时的美女，结果星爷却对非典型美女莫文蔚动了心。戏里，周星驰扮演的至尊宝在新欢紫霞仙子和旧爱白晶晶之间摇摆不定，戏外，他同样摇摆不定，只是新欢和旧爱掉了个头。

当然，据莫文蔚说，他们正式约会是拍完《大话西游》之后。周星驰很爱喝红酒，就教她怎么品红酒。她日后的梦想之一，就是拥有一个可以酿酒的葡萄庄园，不知道是否和这段情事有关。

他们在一起三年。那三年里，她几乎是周星驰的御用女主角，《食神》《算死草》《回魂夜》她都在里面担纲主演。可三年后还是分了手，关于分手原因，周星驰照例不发一言，她解释说，是因为价值观不合，她是独立女性，有自己的事业要做，而他却希望她待在家里照顾家庭。

除了周星驰外，她另一段人人皆知的感情是和冯德伦。冯德伦是圈内著名的"女星杀手"，很多女明星都爱这个长着一对酒窝的俊美男生。莫文蔚估计也是醉倒在那对小酒窝里了，一醉就是九年。冯德伦比她小四岁，比较小孩心性，在这段姐弟恋里，她一直是迁就的那一方，他要玩魔术、要当导演，她都无条件地支持他。

可惜帅哥都花心，这段维持了九年的感情最终还是告吹了，原因是男方绯闻太多，徐若瑄、舒淇都是他的红颜知己。在二人分手后，媒体传出冯德伦与徐若瑄公开恋情那天，正好莫文蔚在演唱会上幽幽唱起："我知道他不爱我，他的眼神说出他的心……"眼眶湿润，令全场伤感。

莫文蔚是那种罕有的能够和前任做朋友的女人，分手时，她口不出恶言，媒体都为她抱不平，她却没说他一句坏话，说分手都是由于自己太任性，暗示

与第三者无关，还说愿意和冯德伦做一辈子的朋友。

她对周星驰更是有情有义，分手后还在他的电影《喜剧之王》《少林足球》中客串。周星驰的新片《美人鱼》上映时，请她唱主题曲，她夸他戏越拍越好了，他则赞她越来越有味道了。

有一张她和冯德伦、周星驰结伴看楼的照片更是成为经典，这样的中国好前任，确实人间少有。试问有几个女人，能够大度如她，洒脱如她？

关于如何看待前任，莫文蔚有句名言："初恋男友教我讲德文，星仔教我品尝红酒，而冯德伦则教我谈恋爱要开开心心。"如此胸襟，真是值得女生们好好借鉴，当一段感情结束后，与其口口声声责怪前任是渣男，倒不如像她这样，将目光聚焦在他好的那一面，这样记住的，才不会只有伤害。

正是因为这样的性情，她才可以和意大利初恋男友在分开二十四年后，兜兜转转又走在了一起。再相逢时，他已是有了三个孩子的单身父亲，她不在乎这个，她在乎的是，他仍然能够给她爱的感觉，"有三个孩子多好，正好不用再生了"。她就是这样一个聪明的女人，从来不会为了追求所谓的"完美"，而放弃真正想要的东西。

他们结婚后，向来是工作狂的她头一次放下手头的工作，和他环球同游八十天。他们一起看火山，一起捕捉极光，一起在世界各地自由行走。所有人一起见证了他们有多幸福，佐证之一就是结婚多年后，她仍然会在电视节目上，借《一生所爱》向他传情，而他看向她的眼神，依然满是欣赏和爱意。

她真的得到了她想要的一切。

在美女如云的娱乐圈，莫文蔚证明了一件事，那就是特别远远比美貌更重要。拥有美貌的人以为自己拥有了通往世界的通行证，从此畅通无阻，殊不知，美貌是件易碎品，它太容易随着岁月流逝而消失掉了，只有个性才能历久弥新。

勇于做自己的人，也许得不到全世界的喜爱，但可以肯定的是，你会越来越喜欢这样的自己。

张柏芝：任何时候都有翻盘的可能

说到张柏芝，总被当成"一手好牌打得稀烂"的例子，而真正热爱香港电影的人提起她来，总是疼惜多过苛责。

没办法，人都是念旧的，哪怕她再怎么把手中的牌打得稀烂，我们还是忘不了初见她时的惊鸿一瞥。

十八岁的张柏芝，真是美得闪闪发光，我喜欢她在《星愿》中的扮相，肉嘟嘟的小包子脸，略带些婴儿肥，眼睛圆溜溜的，穿上护士制服就是天使在人间。

更多的人，记住的是她在《喜剧之王》中扮演的舞女柳飘飘，长发飘飘，又清纯又性感，就像一只小野猫，她的眼睛眨一眨，屏幕外的我们心上就像被野猫挠了一挠。还记得有一幕，她穿着尹天仇的衬衣坐在窗台上，裸露出一双粉雕玉琢的长腿，在录像厅看这部片子时，有位男生当场流下了鼻血。

那时候几乎没有人不爱她，男生们倾倒于她的美貌，一个个将她视为梦中情人，女生则欣赏她的真性情。她确实是个性情中人，女星们都想做"玉女"，只有她，对所谓的"玉女接班人"头衔不屑一顾，当着媒体的面自曝已有十年烟龄，身上有十一处文身、十二处穿孔，喜欢收集各种带有"粗口意味"的饰品。

可那又怎么样呢，人们依旧爱她。艾薇儿说："我文身、抽烟、喝酒、说脏话，但我知道我是好姑娘。"张柏芝也一样，她文身、抽烟、喝酒、说脏话，但我们深信她是个好姑娘。因为她活得够真实，在虚伪做作横行的娱乐圈中简直就是一股清流。

刚出道的张柏芝，确实也配得上我们的喜爱。很多年里，她都被当成美貌和演技并存的范本，她一出道就是女主角，搭档的是已享盛名的周星驰，后来部部戏都是女主角，二十三岁就凭《忘不了》中小巴司机一角，拿下了"香港金像奖最佳女主角"的奖项。

那时的她，完全就是影坛的宠儿。《忘不了》中，刘青云、古天乐两位大明星和她演对手戏；新《蜀山》里，她是众星拱月的孤月仙子，连章子怡都只是在里面打了个酱油；《河东狮吼》里，人们只记住了她扮演的那个痴情、剽悍的柳月虹，大美人范冰冰都只能给她做绿叶。

当柳月虹对古天乐扮演的陈季常说："你要宠我，爱我，答应我的每一件事都要做到，永远都要觉得我是最漂亮的，梦里你也要见到我，在你心里只有我……"这段话换谁来说都会觉得矫情，只有她说出来观众觉得顺理成章，因为她是张柏芝啊，她当然永远都是最漂亮的。

要风得风，要雨得雨，她自然有些张狂，拍《喜剧之王》时，她连周星驰都敢呛。别的女星谈恋爱都要遮掩一下，只有她，每次都谈得轰轰烈烈。不过不要紧，她那时的本事完全配得上她的任性，年少轻狂不仅无损她的形象，反而给她加分不少，"敢爱敢恨"成了她的标签。

如果顺着这条路走下去，她本应成为第二个张曼玉。可惜她没有张曼玉那样的进取心，都说谢霆锋是她命中的劫数，其实这条路是她自己选的，在事业和家庭之间，她是那种永远都会把家庭放在第一位的人。

她和黎姿一样，都有"港版樊胜美"之称，黎姿家人好歹还挺懂事，张柏芝的家人却给了她无穷无尽的麻烦。黑道出身的父亲背了一身债，她十几岁就出来拍戏还债，还曾被追债的人下了"江湖奸杀令"。她拼命挣钱，不是为了自己享受，而是为了让家人过上更好的生活。有次上《鲁豫有约》，她说自己要供三套房、十台车，离异的父母一人一套，其中六台车是给父母、弟弟用的。

也许是父母从小离异，她特别渴望有一个完整的家庭。最红的时候，她接受采访时，都坦然对媒体说："无论有多大的成就，到了三十岁我就不干了，不演戏也不唱歌了。三十岁之前我要结婚，然后生很多可爱的小孩子。"

谁都以为她只是说说而已，她那么红，又那么美，钱来得那么快，怎么舍得急流勇退。没想到她真的说到做到，在二十六岁那年就嫁给了谢霆锋，实现了三十岁前结婚、生孩子的人生梦想。

在一段感情里，美人大多是被宠爱的那一方。可张柏芝不是这样的人，曾经看过一部她主演的爱情片《十二夜》，感觉片中的女主角就是她本人的真实写照。她尽管生得美，却一点儿都不恃美而骄，喜欢上一个人就会把自己放到很低很低的位置，愿意为对方奉献一切，恨不得分分秒秒都和对方痴缠在一起。

不是每个人都享受这种奉献型的爱情，电影里的男主角陈奕迅是这样，电影外的男主角谢霆锋也是这样。对于有些男人来说，他们受不了太过痴缠的感情，而是愿意选择相对自由而松散的关系，这样双方都有空间。

所以可以理解谢霆锋最终和王菲走在一起，他们才是同一类型的人。当一切都尘埃落定时，不少情感博主写文章分析王菲比张柏芝强在哪里，事实上感情的事从来都没有谁优谁劣，只不过是谁比较适合谁罢了。

我始终是比较心疼张柏芝的，因为她的的确确是这段感情中付出更多的那一方。

刚相遇时，谢霆锋和天后王菲的姐弟恋正上演得轰轰烈烈，却在和她拍摄《老夫子》时暗生情愫。同样为父还债的身世，同样桀骜不驯的性格，让他们惺惺相惜。他们被视为"金童玉女"，奈何金童那边还有一个天后姐姐。

他的一颗心，在她们之间摇摆不定，她却宁愿顶着第三者的骂名，宁愿咽下见不得光的委屈，也要和他在一起。她在苦恋之中心神不定，参加慈善飞车发生车祸，差点儿连命都送掉。他虽然第一时间赶到医院探望，却还是舍不得放弃王菲。

遭遇"锋菲复合"的她一度暴瘦至不到100磅，夜夜到酒吧买醉，就是在那时候传出了她和陈冠希的绯闻，后来那些让她身败名裂的艳照可能也拍于此时。失恋后的她一度情绪失控，甚至向跟踪她的记者竖起中指，可那时，人们对她除了怜惜还是怜惜，没有人指责她的为爱痴狂。

可她始终是放不下他的，所以事过境迁之后，他们在拍摄《无极》时旧情复燃。

这次她终于和他走在了一起，以万众瞩目的方式。他不顾母亲狄波拉的反对，坚决要娶她进门，不惜先斩后奏，没征得家人同意就在菲律宾结婚。在满天绚烂的夕阳里，他掏出藏在相机里的钻戒，单膝下跪问她愿不愿意嫁给自己，她当时的表情惊喜得仿佛连魂魄都忘记了，愣了八九秒才知道说"Yes"。

对于张柏芝来说，真的是爱情大过天，她有着一腔孤勇，随时能够为爱奋不顾身。作为当时全香港片酬最高的女星，她说息影就息影，说嫁人就嫁人，说生孩子就生孩子，还一口气生了两个。儿子们的诞生终于稳固了她在谢家的地位，也换来了公婆的认可。

喜欢她的粉丝都为她惋惜，毕竟，她还只有二十几岁，正是一个女演员最好的年华，退隐得也未免太早了点儿。但她自己一点儿都不觉得可惜，反而很享受家庭生活，侍奉公婆，照顾小孩，誓要修成贤妻良母。

如果没有艳照门，也许她的生活会一直这样岁月静好下去。无奈世事没有如果，他们结婚两年后，"艳照门"爆发了，大量陈冠希和众多女星的私密照片流出，其中就有她。她得知消息后，吓得不得了，第一反应是躲进宝宝的房间，那时候 Lucas（他们的第一个儿子）还只有七八个月大，她抱着宝宝，吓得脚软。

艳照风波后，谢霆锋一开始是以好老公的身份站在她身后的，这份不离不弃奠定了他"好男人"的地位，也让"锋芝"成为人们心目中的模范情侣。"艳照门"击倒了很多人，比如陈冠希和"很傻很天真"的阿娇，只有张柏芝近乎奇迹般的毫发无损，她生了二胎，又以天价接了广告。

这场风波平息得如此迅速，以至于她天真地认为，事情真的就这么过去了。所以三年后，在泰国回香港的飞机上偶遇陈冠希，她和他坐在一起，毫无芥蒂地有说有笑，两人的合照一起登上了报纸头版。

事实证明她确实是太天真了，她以为的毫不介意，实际上也许只是一种博取大众认可的公关手段。裂痕可能早就产生了，只是到了这个时候才呈现出来。总之这件事成了压垮他们婚姻的最后一根稻草，她想尽办法挽回，他却去意已定。

执意要走的人，又怎么留得住呢？就算是离了婚，她还幻想着他能回头，最后是儿子 Lucas 一句话惊醒了她，儿子说："这个男人已经靠不住了，以后我就是你的依靠。"

离婚后的她，再一次重演了当初失恋时的情绪失控，而且失控到了极点，她一上节目就声泪俱下地控诉谢霆锋，说他戴墨镜装酷，说他从不带孩子。她以为全世界都会同情自己，结果却发现，苦情牌打多了，看客们不再买账，作为一个失婚妇女，她得到的不再是怜惜而是冷嘲热讽。

那几年她着实慌了手脚，接了一大堆烂片，从一线明星迅速沦落到"票房毒药"。为什么会这样？一来是她不知道规划事业，二来也和时势有关。

所谓"巨星"，都是时势造出来的。时移势易，世道早已不同了，香港电影已经过了黄金时代，作为港星的代表，她进军内地难免会水土不服。除此之外，整体环境也变了，以前人们尊敬坚强的单身妈妈，现在流行的则是婚姻幸福的人生赢家。一个离了婚的女人，仿佛自带失败者的阴影。导演杜琪峰就直率地说过："她（张柏芝）还是不错的，可惜她现在搞成这样，又离了婚，谁敢用她？"

墙倒众人推，连一贯护着张柏芝的向太也和她翻了脸，向太说了她很多不是，包括耍大牌之类的，有句潜台词没说出来，明眼的看客们都听出来了，那就是——你已经不红了，还拽什么拽？

任性果然是需要资本的。好在张柏芝并不蠢，只要不被感情冲昏了头脑，她实际上是个人精。当她在离婚后的阵痛中清醒过来后，立马开始收复失地，知道人们不喜欢她悲悲切切，就收起满腹辛酸泪，健身、冲浪、带孩子满世界玩，重新树立一个乐观、坚强的新女性形象；拍电影没票房，就转战综艺，能赚钱又有时间陪孩子；更重要的是，她天生的表演型性格让她永远知道粉丝们爱看什么、爱关注什么，所以她永远能制造出源源不断的新闻来，让眼光聚焦在自己身上。每次大家都以为她完了，她却用强悍的生命力告诉人们，还早着呢!

她把自己的人生活成了一出真人秀，我们看着她从结婚到离婚，从大红到淡出，她的后半生，也许还有别样的精彩，可那已经与电影无关，与昔日的黄金时代无关。

香港的电影，早已开到荼蘼花事了。可惜柏芝似荼蘼，开过之后，再无余芳。

林志玲：情商高的人也有自己的bug

不喜欢林志玲的人，多半是觉得她有点儿做作，那样甜得发腻的娃娃音，那样无懈可击的微笑，俨然是一个标准美人，美则美矣，未免假了点儿，越发让人觉得她在作秀。

后来旁观多时，才发现很多人以为的作秀，对她来说只是深入骨子里的教养，是自然而然地懂得为他人着想。不知有多少人和我一样，都是通过《花样姐姐》对她改观的。真人秀最能坦露明星们的本性，因为一举一动都被镜头放大了，习惯了"装"的人往往会被戳穿真面目。

林志玲就是在这档节目里，生动地展示了一个名媛的自我修养。这里说的"名媛"，并不是单指出身名门，而是言行举止温柔有礼，举手投足间自然优雅。就像林志玲这样，从来不高声说话，总是彬彬有礼。她会在王琳喝醉酒呕吐时，第一个冲出去拿塑料袋装王琳的呕吐物。她也会在李治廷忘带经费时，轻声安慰他可以想办法自己挣钱。

这时候我才发现情商高是件多么了不起的本事，林志玲就是真正的情商高。

美女都容易恃美而骄，她却丝毫没有身为美女的优越感，总是自觉地把自己放在一个很低的位置上，发自内心地替他人着想。

在成人的世界里，没有人会不喜欢林志玲这样的姑娘吧，因为她太懂得如何在相处时让对方感觉舒服了。有多少美女，和人合影时只P自己的照片，恨不得压倒群芳。林志玲和人合影时，却总会体贴地半屈膝，以免个子太高抢了别人的风头，在她的字典里，绝没有"艳压"这两个字。

她说话更是让人如沐春风。她和梁朝伟搭档出演《赤壁》时，被媒体攻击两人身高不搭，她巧妙地回答说："男人的气度永远是胜于高度的。"据传孙红雷曾拒绝和她这样的"花瓶"搭戏，她却微笑着响应说："雷哥现在能和我合作，就是一个最好的答案。"

我相信，如果她仿照蔡康永出一本《林志玲的说话之道》，一定会一纸风行。林志玲的说话之道，或许不像蔡康永那样犀利、睿智，而是深谙四两拨千斤之术，让你一拳打在棉花上。

这样一个高情商的姑娘，自然也深谙男女相处之道。在主持金马奖之前，主持人故意问她：你会不会因为自己的美貌，就把男人踩在脚底下？她给出的答案是：不会啊，因为这样的话男人有一天也会这么做（把你踩在脚底下）。

一个女人，能像林志玲这样将美貌、智慧与教养集于一体，按说应该在情爱的战场上所向披靡才对。可奇怪的是，她的情路并不顺利。

谁都知道，林志玲曾经痴恋过言承旭。

他们算是相识于微时。言承旭家境并不好，入行前曾在工地上做过小工，林志玲刚认识他时，觉得他"傻傻的，呆呆的，不像这个圈子里的人"。两个没什么名气的人，很快擦出了火花，这可见林志玲并不是那种虚荣的女人，相对于名啊、利啊这样外在的东西，她更在乎对方这个人怎么样，能不能给自己恋爱的感觉。

随着《流星花园》的热播，F4风靡了全亚洲，饰演道明寺的言承旭也红得发紫。苦孩子出身的他很珍惜这个走红的机会，而那时的偶像是不允许曝光谈恋爱的，他们还没怎么稳定的恋情不得不转入地下。

可以想见，林志玲心里是有些委屈的，可她为了男友的事业，甘心吞下了这些委屈。作为巨星男友背后的女人，她不得不扮演一个懂事的女朋友。直到2005年，她的手机出了故障送去修，手机里二人同穿睡袍的亲密照曝光，公众这才知道两人正在谈恋爱。

一时间，言承旭的粉丝纷纷指责林志玲，在他们眼里，还刚刚崭露头角、身边又围绕着一群富商追求者的林志玲是配不上如日中天的言承旭的，事实上在男艺人粉丝的心目中，除了她们自己，其他人都配不上自己的爱豆[①]。就是到了今天，艺人恋爱已经公开化，可鹿晗和关晓彤的恋情一公开，还是有不少粉丝宣布不再喜欢他了。

这事对正在上升期的言承旭自然不利，相传他私下指责林志玲做事太不小心了。他忘了，她比他承受了更多的压力和指责。

接下来就是轰动一时的"林志玲坠马事件"。她拍戏时不幸从马上坠了下来，还被马蹄踩伤。女人受伤时最需要的是男朋友的柔情，可当时言承旭忙于工作，虽也飞奔到医院探访，但并没有留下来照顾林志玲。

---

① Idol，偶像。

两人曾在医院抱头痛哭，于他，这是负疚的眼泪；于她，则是伤心的泪水。她那么好强的一个人，为了他却甘心隐瞒恋情，背负指责，没有别的原因，只因为她爱他。而这样的爱，在她看来并没得到同等的回报。

言承旭是有些大男人主义的，和她相处时太过粗线条。她过生日时，他本来提早和导演请假，可没有请到，他那天去不了，也没向她解释；她坠马时，他第一时间通过朋友联系医生，可并没有告诉她，最后是她自己先找到了医生，却不知道他曾经那样为她做过。

他自己都说：很多时候我让她失望。

换了别的姑娘，可能会把失望说出口。可她是林志玲啊，习惯了为他人着想，习惯了做一个懂事的好姑娘，而懂事的姑娘，是不会对男朋友提要求的。

一次次失望累积起来，就成了堆积在心头的绝望。

"坠马事件"之后，当人们都以为他们会公开恋情时，却传来了他们分手的消息。是谁提的分手没人知道，直到很多年以后，林志玲做客《奇葩说》时，正好那期节目在探讨"该不该当面说分手"，她突然激动得泪洒当场，透露自己曾经"被分手"，并坦言"在男生没有说清楚的情况下分手，会长期活在莫名的恐惧、伤害中，因此也会对自己失去自信。"

很多观众猜想她说的是言承旭，巧的是，言承旭多年后谈及分手原因，确实也承认是自己的责任，说自己性格不好，自卑，不会爱，不成熟，太过孩子气，"不敢让她等我长大"。台湾媒体曾报道说，言承旭家里有很多封未寄出的道歉信，"我很爱一个人，就像爱未曾消失过，很想见一个人，但对方已离去，无法相见。"

分手，是因为爱得不够；分手后念念不忘，却是因为那份爱还没有耗尽。

于是，他们就成了彼此最难忘的前任，各自也交往过其他的人，但总走不到最后。

林志玲曾和马桶小开邱士楷[①]传出婚讯，最终还是分手了。分手原因据邱士楷说，全因她总拿自己和前任对比，说自己给不了她言承旭那种王子般的感觉。

他们在一起时，人们一致不看好，等他们分开后，人们反而心心念念地盼望着他们能够复合。关于他们复合的呼声，一年比一年高。

一次，在金马奖典礼上，穿着校服扮演林真心的志玲姐姐和演"徐太宇"的王大陆在台上互动，志玲姐姐嫌他小，大屏幕就出现了"长大版徐太宇"言承旭的照片，旧爱意外"同框"，她露出娇羞表情说：好久不见。

2010年，林志玲参加《快乐大本营》，何炅读了言承旭书里的一段文字："公主生病的时候王子在打仗，王子说他不管了，他要放下战争要逃亡要去看公主。但是战友说，外面枪林弹雨所有人都在看你的动静，你现在去是自投罗网。王子还是逃出去到了公主的地方，推开门，哽咽着连'对不起'都说得支离破碎。他连怎么抱她是最好的姿势都弄不明白。终于跪下来大哭。女孩也哭了，她不明白为什么两个相爱的人，在受苦的时候想要接近会那么疼。"这一段童话故事，明显是以她坠马后的情景为蓝本，情绪向来不外露的林志玲听着当场哭成了泪人儿。

随后言承旭做客该节目，节目组又给他回放林志玲闻信落泪的片段，言承旭无言哽咽了数分钟。

---

① "小开"意思类似于"富二代"，源于老上海话。邱士楷，是台湾国际卫浴品牌 HCG 和成卫浴第三代接班人，因该企业一款单体静音马桶系列一举成名，所以被称为"马桶小开"。

两人常常隔空互相传话，林志玲谈及两人复合表示："要看对方怎么想！"言承旭则马上在社交媒体上接话说："那就要看她愿不愿意啊！"

复合的传闻传了一次又一次，但始终是光打雷，不下雨。每每被好事的媒体追问为什么不复合，言承旭总是拿"她太好了"做理由，说自己配不上她，她值得拥有更好的男人。

在感情的世界里，什么"不合适、配不上"之类的话，其实就是不够爱的另一种说法吧。因为不够爱，才怯于承担、怯于说爱。

林志玲是何等聪明的人，她早在言承旭那儿受过伤害，如何会再让自己在同一个地方绊倒？看她的态度，复合不是不可以，前提是，这次他得用整颗心来换她的那一颗。如果做不到，她宁愿不要。

而大众对他们复合的呼声如此之高，一来是因为很多人年轻时曾经错过了所爱的人，于是将旧情重燃的美好愿望寄托在他们身上；二来是林志玲的确招人喜欢，无论男人女人都盼望着她能有一个好的归宿。

仔细想来，林志玲的命运还真的有点儿像薛宝钗，她们赢得了天下，却唯独输给了爱情。有次看到一篇文章，题目叫《太懂事的姑娘，注定没人爱》，忽然间心有戚戚，宝钗和志玲就是文章中所说的太懂事的姑娘啊，她们知分寸、识大体，从来不过分袒露自己的感情。可爱情往往纯凭感性，任性的姑娘有时比懂事的姑娘更受偏爱。

对于这些太过懂事的姑娘，男人们一方面拿她们当"神仙姐姐"供奉，一方面难免自惭形秽，对她们敬而远之。

林志玲其实早就看透了这类男人，当记者问及她和言承旭是否因距离无法复合时，她坦率地说：若是有心的话，距离不是问题。

　　说到底，还是得看言承旭同学会不会用足百分百的心啊。想当年，卖油郎秦重独占了花魁，凭的就是"有心"二字。只有真正的有心人，才敢把女神娶回家。是的，跟女神在一起自然会有压力，可爱情从来都不是件轻松的事，你总得有所负荷，方配得上她的完美。

黎姿：最重要的是一家人齐齐整整

《欢乐颂》中最令人心疼的角色莫过于樊胜美，她挣的钱都要用来填家里的窟窿，那是个永远都填不完的无底洞。网友们纷纷喊着"心疼小美"，还有热心网友跑到扮演者蒋欣微博下说要给她打钱。

樊胜美的例子虽然极端，但相当现实，可以说在她的身上，放大了千千万万个中国式女儿的困境。她们背负着整个家庭的责任，供养着父母和兄弟们，在别人轻装上阵的时候只得负重前行。

甚至在看似光鲜的明星中，也不乏这样的"樊胜美"。比如我们大家都熟悉的黎姿，就是一位香港版的"樊胜美"。

黎姿的家境，和樊胜美家的贫困有得一比。她出身电影世家，爷爷黎民伟是香港电影的开山之父，小的时候她也曾随爷爷奶奶一起住过两百平的豪宅。奶奶去世后，父亲因为耳聋争不过其他兄弟姐妹，一家人被赶出了豪宅，住进了二十多平的小房间。

父亲没有挣钱能力，全靠母亲开大货车维持生计，一家人受尽街坊的欺负，她小时候连街上的公厕都不敢上。父亲很疼爱她，特意搭了个小厕所，可家里地方太小，只得搭在厨房旁边，吃饭的时候都能闻到厕所里飘出的气味。

就是在这样的环境里，少女黎姿长大了，长成了一颗陋室明珠。十四岁时她去健身房探望在那打杂的父亲，刚好被许冠杰一眼相中，对他父亲说：你女儿这么靓，方不方便给我几张照片？

那时候的黎姿，还是个黑黑瘦瘦的黄毛丫头，没有完全长开，已隐约现出了美人的雏形。许冠杰索取照片后给了黄百鸣，于是她受邀拍了第一部戏《开心鬼放暑假》。拍第二戏《飞跃羚羊》时就已是第一女主角，而她还只有十五岁。

刚出道就演主角，可她一点儿都不贪恋演艺圈里的浮华，戏拍完又回到学校去念书了。可只念了三年又重新出来拍戏，没办法，家里太穷，没有能力同时供两个孩子念书，身为姐姐的她只得放弃学业，赚钱供弟弟念书。对此她毫无怨言，而是懂事地说："家里没有收入，责任就落在我身上，我不能继续念书，但想弟弟继续念下去。"

其实黎姿很享受上学的时光，她曾说自己最遗憾的事情就是没有多读一点书，十几岁拍戏时常把作业带到片场去做，"任何空地都能写，马桶盖上我都写过"，纵然有人嘲笑，她仍旧到处找地方做作业。

重返演艺圈对于她来说只是件不得已的事，有那么几年，为了支撑家庭，她什么戏都接。戏接得有点良莠不分，不妨碍她慢慢红起来，因为实在是长得美。

就这样一路半红不紫，直到演了《金枝欲孽》后才大红，并一举夺得了

TVB 那一届的视后。

但她的心思并不在演戏上，而是在照顾家人和谈恋爱上。家人在她的照顾下渐渐过上了体面的生活，弟弟黎婴也争气，从香港中文大学医学院毕业，在姐姐的支持下成立了自己的皮肤护理中心。

也许是从小家道中落，得不到保护，黎姿是那种很没有安全感的人。和她拍过戏的林保怡就说过，一起拍戏时，发现她每天晚上都要亮着灯睡，才发觉她真的是个缺乏安全感的"小女人"，从此对她多了份怜惜。

正因如此，她谈起恋爱来，总是过分追求安全感，坦言自己有"恋父情结"，倾向于和那些年纪大过自己许多的人在一起。

十六岁时，她就和大她二十多岁的漫画家黄玉郎拍拖。她对这段感情很认真，黄玉郎一度因诈骗罪入狱，她坚持要等他，即使没钱也要跟着他，谁料他一个电话打过来，说要回到前妻身边去。她接受不了这个结局，差点儿为他自杀，他却头也不回地走了。讽刺的是，黄玉郎并没有和前妻复合，而是转身娶了张国荣的前女友倪诗蓓。

之后又谈了几段恋爱，都是和大过她很多、非富即贵的男人，如金融奇才庞维新、玩具大王蔡志明等。旁人说她只爱有钱人，她却辩解说："由头到尾我是喜欢思想上多于物质，如果我只爱钱，这么多年，我大可以找一个更有钱的男人。"

我相信她说的是真的。入行那么多年，她一直是富豪心仪的那款女明星，长期雄踞富豪饭局榜的前几名。后来娶了李嘉欣的富家公子许晋亨就曾热烈追求过她，又是送房又是送车，她当时陷在失去黄玉郎的情伤中，丝毫不为所动。

　　不过钱当然也在她的考虑范畴之中，没有钱的话，如何照顾她，更如何照顾她的家人？作为一个身边环绕着有钱人的女明星，我们实在不必苛求她一定要嫁个有情饮水饱的男人，她吃过没钱的苦，自然知道钱是个好东西，但钱至少并不是她选择对象的唯一标准。

　　她把家庭看得那么重，选择的男人一定是能够给她家的感觉，也能照顾她的家人的。她那么渴望拥有一个家，所以在接受媒体采访时，大大方方地说，"其实我的梦想就是做人老婆"。

　　报业大亨马廷强终于满足了她对家的向往。马廷强一腿微跛，有香港"跛豪"之称，足足追了她六年。这六年她也不是没有犹豫过，不巧这时候弟弟黎婴出了车祸，竟然成了植物人。弟弟出事后，她的第一反应就是不能让父母知道，免得他们担心。弟弟躺在 ICU 那两个月，她放下一切工作亲自照看他，换尿布、剪指甲这样的事都是她亲手做。在她的悉心照料下，弟弟终于从一个植物人康复到会和人说笑。

　　那段时间，她一边忙着每天都到医院探望弟弟，一边在间隙里拍戏，忙得几近崩溃。这时候马廷强说了一句话："这么辛苦就不要做了，我会照顾你一辈子。"这让她感动不已，更感动的是，马廷强不仅承诺照顾她，还承诺好好照顾她的弟弟，帮她四处找最好的医生，还拿出五千万为黎婴成立了康复基金。

　　这样的男人，大概是真的值得托付终身的。马廷强对黎姿，不仅有情意，更有恩义，她能够回报的，无非是以身相许。她婚后一口气生了三个女儿，并将自己名字改成"黎伽而"（伽而即加儿），都是为了报答这份患难之中的恩情。

　　她在巅峰的时候选择了退出影坛，这样的选择对于她来说一点儿也不稀奇。之前进入娱乐圈，是为了家人；后来退出娱乐圈，也是为了家人。在 TVB 演了

那么多年戏的她，信奉的确实是 TVB 剧中宣扬的那套价值观，相信平淡是福，"最重要的是一家人齐齐整整"。

这样的价值观，可能在很多人眼里早就 OUT 了，可在重视家庭的人心目中，这一套永远都不会过时。黎姿这个人，演过叛逆的太妹，扮过新潮的辣妹，骨子里仍然是相当传统的，她就是那种典型的中国式好女儿、好姐姐，家人永远摆在第一位，弟弟永远都最重要，至于自己，受点儿委屈不算什么。

她后来接手了弟弟的美容公司，并在马廷强的帮助下，将公司做到了上市。穿着一身粉红西装的她，巧笑倩兮，轻轻敲响了代表公司上市的那面锣，一下子成了很多人心目中的人生赢家。不不不，我一点儿都不赞成把她当成人生赢家来宣扬。在她身上，我们完全看不到那种"我一定要赢"的野心，看到的只是一个女儿、一个姐姐对家人满满的爱。

最令她欣慰的，可能不是成为什么富太，也不是将公司做到上市，而是在她的照顾下，弟弟真的好起来了。在花费了高达千万的巨额医疗费后，黎婴已康复了八九成，尽管仍需以轮椅代步，但头脑清醒，相信有了姐姐的全心付出，离完全康复的那天并不远。黎婴能恢复得这样好，真的可以算作一个奇迹，有人说这样的奇迹是钱砸出来的，我却觉得它是爱创造出来的。我们始终要相信，爱是可以创造神迹的。

这样的人生的确有些累，可谁又能说不幸福呢？黎姿毕竟不是樊胜美，她的家人特别是弟弟还是很爱她的，她对家里是主动担起责任而不是被动接受压榨。所以她不像樊胜美那样悲情，她承受的磨难一点儿都不比樊胜美少，脸上却始终还有笑容。

人生待她残酷，她报之以梨涡。对于生活赋予她的一切，她不但毫无怨言，反而说："好感激那些关心我的人。"

正是这样的态度，才让她跳出了樊胜美式的困境，将一出苦情戏活生生地逆袭成了励志剧。

至于那些指责樊胜美是"捞女"，嘲讽黎姿太虚荣的人，不妨想想菲茨杰拉德在《了不起的盖茨比》中所说的那句话："每当你想要指责别人的时候，一定要切记，这世上并非所有人都拥有你那样的优越条件。"

一个女人的理想生活状态
应该顺应她与生俱来的天性。

第二章

与岁月坦然相处，精致到老

赵雅芝：我的梦想就是做个贤妻

虎扑上评选女神，毫无意外的，直男们的童年最爱"赵雅芝"以高票杀入了前十。

如果让男人们评选心目中最适合娶回家的女明星，赵雅芝应该能排第一。对于男人来说，林青霞、王祖贤那样的高冷仙子适合当成女神来供奉，关之琳、钟楚红那样的天生尤物适合当情人，可要谈到宜室宜家，还得赵雅芝这一款。

她是男人心目中的理想妻子。如同她扮演的白娘子，武能够斗法海，文能够开药房，有滔天的本事，却始终甘于做许仙的贤妻。

天下的男人，谁不羡慕许仙的艳福齐天？特别是生在中国的男人，从小都是听着白娘子的故事长大的，谁不希望来这样一出遇仙记？家有仙妻，同时又是贤妻，可以说白娘子满足了男人们的终极梦想。巧的是，戏外的赵雅芝，简直就是白娘子的化身，男人们自然会把那份情结移到扮演者身上。

人们都说许仙配不上白娘子，可能在白娘子的拥趸者心目中，没有人配得上她。人们对赵雅芝和黄锦燊的婚姻也这样看，可在公众面前，她从来没有在丈夫面前表现得盛气凌人过。这种天性的温婉，真是为她的美貌加分不少。

赵雅芝的顾家，在圈中是出了名的。她一面拍戏养家，一面却永远将家庭看得最重。如果要在工作和家庭中选一样，她总是会毫不犹豫地选择家庭。

白娘子当年为了许仙，放弃了继续修炼。赵雅芝为了家庭，也在工作上做出了不小牺牲。她老公黄锦燊回忆说："早年赵雅芝大红大紫的时候，香港、台湾、内地都有很多的片约给她，她完全可以一直拍下去。我记得她在北京拍《戏说乾隆》，我带着全家小孩浩浩荡荡去拍摄现场探赵雅芝的班。但我们的孩子出生后，赵雅芝毅然和电视台解约，全心全意带小孩。"

为了照顾家庭，赵雅芝推了不少戏，甚至险些推掉了《新白娘子传奇》，热爱白娘子的观众想必吓得一身冷汗了。可她根本不觉得这是牺牲，而是觉得这是一个妻子、一个母亲的本分，她一生中最骄傲的，不是演了多少好角色，而是亲手带大了三个孩子，孩子小的时候连保姆也没请过，全由她停掉工作一手带大。

她对丈夫更是体贴，会煲几个小时的汤送到黄锦燊的律师事务所，还会在他开庭时偷偷去法院，只为了看看他工作中的样子。都说她是大明星，其实贤妻良母才是她扮演得最好的角色。

男人总希望有一个安于室的、永不出轨的妻子，赵雅芝和黄锦燊之间超过三十多年的婚姻，毫无疑问树立了对婚姻忠贞的典范。

但熟悉八卦的人都知道，赵雅芝在感情上也是经历过山重水复之后，才迎来了自己的柳暗花明。

她结婚结得特别早，嫁给第一任丈夫黄汉伟时，还只有二十一岁。可能就是因为太早了，她还没有搞清楚自己到底要什么样的男人，双方相处得很不愉快。谈起这段失败的婚姻，她说过："两个人的性格相差很大。我那时就发觉，事业再怎么样也没有用。生活要是不幸福，什么都没有心思做的。整个人很辛苦，心也苦。"

多年后，娱记查小欣曝出，当时黄汉伟经常会上夜总会消遣，在家则对赵雅芝很冷淡，夫妻间动不动就吵架，甚至疑似有过家暴。

赵雅芝这边呢，则和拍戏的男主角不断传出绯闻。最轰动的绯闻男主角是黄元申，大侠霍元甲的扮演者。当时元申有妇，却禁不住对她动了心，炽烈的情书一封封写给心中佳人，结果被黄汉伟拿出来曝了光。黄元申自觉面上无光，不久竟出了家。

赵雅芝注定和姓黄的男人有缘。继黄元申后，她和黄锦燊在拍摄《女黑侠木兰花》时结识，两人渐渐互生情愫。黄锦燊是从美国回来的，性格相当西化，追求赵雅芝追得毫无顾忌，当着公众的面大声表白："我爱赵雅芝！"

一时间，他们成了众矢之的，赵雅芝的支持率大降，不得不避走台湾。舆论再汹涌，也没有动摇他们在一起的决心。赵雅芝公开和前夫对簿公堂，黄锦燊为了支持她打赢官司，潜心学起了法律，官司打赢了，赵雅芝夺得了两个儿子的抚养权，黄锦燊也由此转身当起了大律师。

外界本来很不看好他们，可当事人只是淡然一笑，笑称"时间会证明一切"。

时间果然证明了一切。他们结婚三十多年来，赵雅芝成了绯闻绝缘体。她再也没有和任何男人传过绯闻，哪怕和她搭戏的是郑少秋这样风流倜傥的帅哥。

有追求她的男人给她送花，她只是随手放在客厅里，而将丈夫送的玫瑰珍而重之地放进卧室里。她用三十多年的时间，重新塑造了自己的"贤妻"形象。

她本来就是个最传统不过的女性，安于过相夫教子的日子。这样传统的个性，也能在觉得婚姻不适合自己时勇敢抽身。这点她不想学白娘子，为了许仙那样委曲迁就，终究还是落得个永镇雷峰塔的结局。

再传统贤惠的女人，终究还是随着时代进步了。

黄锦燊呢，本来媒体觉得他不久就会结识新欢飞了赵雅芝，没想到这么多年里，他一直心甘情愿地做着赵雅芝背后的男人。芝迷们常常开玩笑说，有赵雅芝的地方，就会有黄锦燊。他总是形影不离地守护着她，她拍戏时天气不好，他会想着给妻子送披肩御风寒、送温柠檬汁取暖。

都说女人如花，赵雅芝这朵花能够常开不败，多亏了黄锦燊这个无微不至的护花使者。

结婚三十多年了，他们依然恩爱如初，记者还拍到了他们在机场告别时拥吻的照片。不喜欢赵雅芝的人讥讽他们在作秀，可如果一个男人愿意陪你秀足整整三十多年的话，无疑也是真爱了。

赵雅芝不止一次地说："锦燊，其实我内心追求的并不是万人瞩目的虚华，而是我们全家能快乐地生活。"黄锦燊不止一次回应妻子："阿芝，你吸引我的不仅仅是美貌，最重要的是你那份东方女性独有的知书达理和温柔贤淑，除了我的母亲，你是我生命中第二个最重要女人。我绝对珍爱你！此生得一贤妻，足矣！"

女人们对赵雅芝的感情要复杂得多。一方面，她们羡慕赵雅芝这样的"人生赢家"；另一方面，她们又觉得像赵雅芝这样活着未免太辛苦了，毕竟，作为一个新时代的贤妻，既要负责挣钱养家，又要负责温柔贤惠，真的不是谁都能够扮演好这个角色的。

一个女人的理想生活状态应该顺应她与生俱来的天性。像赵雅芝这种性格的人，自然不会觉得做贤妻有多么为难。但如果你天生不太温柔，也不必为了迎合伴侣去扮贤惠。

"贤妻"不是做妻子的唯一标准，一个理想的妻子，本来就不应该只有一种标准，她可以是温柔的，也可以是强悍的，可以主内，也可以主外，可以是解语花，也可以是木棉树。男人早该明白，根本就没有完美的妻子，只有适合自己的妻子。

至于那些还在做着"全能型贤妻"美梦的男人，我劝你们还是清醒点吧，别老拿自己当许仙。女人们都已经觉醒这么多年了，你们还要一直停留在梦中吗？

王祖贤：每个片段都是美好回忆

十四岁的时候夜读《聊斋》，忍不住把自己想象成寒窗苦读的书生，暗暗期待着从残垣断壁的墙角飘然走下一个女子，自称是修炼千年的狐仙，眼波流转的巧笑勾人魂魄。

那时以为所谓的狐仙、女鬼，只是纯粹出于蒲松龄的意淫，世上哪有如此烟视媚行的女子？

直到从荧屏上见到了王祖贤。

不记得那是部什么片子了，只记得她穿一条极简约的白裙，每走一步都分外袅娜。一双剪水明眸看着你，像是有千言万语要同你诉说。

如果真有狐仙，一定就是王祖贤这种样子吧。一个美成这样的女孩子，又生在浮华的娱乐圈，照理说应该惹无数男性竟折腰才对。可她如流星划过天空，迅速从绚烂归于沉寂，最后的消息是隐于异国他乡。

从颠倒众生到孤寂一人，这中间究竟发生了什么？

对于那些曾经红极一时的女明星，观众们总是喜欢用她们演过的经典角色来指代她们。

林青霞是永远的"东方教主"，赵雅芝是永远的"白娘子"，关之琳是永远的"十三姨"，翁美玲是永远的"黄蓉"，而王祖贤呢，则是永远的"小倩"。

自从《倩女幽魂》横空出世后，"小倩"就成了她的终身代号。

世上美丽的女子千千万万，但几乎没有一个人像她那样，可以将女鬼的仙气与妖精的媚气集于一身。

巧的是，她演的角色，大多不是鬼，就是妖。她演女鬼的时候，寒意凛凛，她演妖精时，却妩媚至极。她那种剑眉星目的长相，本来是非常现代的，可只要一穿上古装，双眉描得入鬓，配上迷离的眼神，马上像是从聊斋里穿越来的。

这样的女人，是女人中的女人，古时候通常叫作"尤物"。用蒲松龄的话来说，"人间无此姝丽，非鬼即狐"。

天生丽质难自弃，王祖贤十几岁就进入了娱乐圈，十七岁拍摄处女作，二十岁就出演了人生最重要的角色——聂小倩。许多女孩渴盼终生的风光，她很早就领略到了，而且得来全不费功夫。

如此一帆风顺，但她并不骄傲，被记者问到为何会去香港拍电影，她坦白，其实自己是被一步步推着走的，开始是参加篮球比赛有人找她拍广告，拍完广告又有人找她演电影女主角，崭露头角后又被香港邵氏挖走。

其实她这番话有些夸大其词，她的走红，离不开自己的主动争取，她说过："我从小想得到任何东西，都会积极努力争取，那种收获的感觉才像真实的。"

"聂小倩"这个角色，就是她拼命争取到的。当年徐克、施南生夫妇筹拍《倩女幽魂》时，众多女星跑到他们那儿去毛遂自荐。王祖贤也主动打电话给徐克

夫妇，一开始被拒了，因为施南生认为她个子太高、太现代化了。

王祖贤不甘心，磨着徐克给了她一个试镜的机会。最终，一张定妆照折服了徐克的心，直到多年以后，他还是认为，王祖贤是唯一一个素颜比化妆还漂亮的女星。

至今，在网络论坛，"小倩"仍是无数男性的女神。在韩国，人们形容一个女孩子长得好看，还是会夸她长得像王祖贤。

王祖贤之后，再无小倩。

和演艺事业一样，王祖贤在感情的道路上，也属于被推着走的这类人。

为什么？

因为身为一个美人，她的追求者实在是太多了。和她齐名的女星关之琳就曾骄傲地宣称："从来都是男人追我，我不需要追男人的。"

王祖贤也是如此。从出道开始，拜倒在她膝下的男人就如过江之鲫。黎明、梁朝伟、尔冬升等人都和她传过绯闻，称她为"男神收割机"也毫不夸张。

这其中，和她纠缠得最久，也最广为人知的是齐秦。

九〇后们很少听齐秦的歌了，他们也难以相信，这个看上去一脸沧桑的中年大叔，当年也曾是清俊少年，以桀骜不驯和特立独行闻名，有着忧郁的眼神和孤独的气质。当他开口唱着"我是一匹来自北方的狼"时，折服了多少文艺女青年的心。

出生在台湾的王祖贤，想必也受过琼瑶小说的熏陶，当年也是女文青一枚，自承选择男人看重才气多过财气。

齐秦对王祖贤，应该是早已钟情。那时他凭着一首《狼》风靡了大江南北，公司为他量身定做拍一部以他为男主角的电影，并让他自己选女主角。他指名要王祖贤搭戏，因为觉得她身上有股清水出芙蓉般的气质，不像其他女星那样矫揉造作。

王祖贤应邀返台，齐秦为示尊重，特意去订了一大束花捧到机场，结果没想到一见面，王祖贤就毫不给面子地表示："我最不喜欢花了。"

气氛顿时尴尬了。

更尴尬的还在后头。导演问王祖贤对齐秦的印象如何，她直率地回答说："怎么这么矮？"

齐秦也算是万花丛中过的风流人物，头一次见到这么不给他面子的女生，更加激起了他的征服欲，于是在拍戏期间频频向王祖贤示好。

在追求王祖贤的男生中，齐秦不是最帅的，更不是最有钱的，但肯定是最有才的。在片场朝夕相处了一段时间，他的才华和热情打动了王祖贤，王祖贤开始对他改观。

两个人之所以发展到恋人，说起来王祖贤还主动些。后来她在接受《今夜不设防》访问时，就坦白说是自己酒后主动吻了齐秦，那是她的初吻。

她就是这样一个女生，寻常人很难入得了她的法眼，一旦看中了喜欢就说要，努力去得到，不问结果是劫是缘。

和一个歌手谈恋爱是件很浪漫的事，因为你会收获很多首他为你写的歌。

齐秦为王祖贤写过不少的歌。

那时齐秦在台湾发展，王祖贤常年在香港拍戏，两人是典型的异地恋。相思让齐秦备受折磨，也给了他创作的灵感。一次，他因苦苦思念王祖贤，仅仅用十五分钟就写出了《大约在冬季》的歌词。

王祖贤的妈妈本来很反对他们在一起，听了这歌后态度即刻软化了，因为她觉得"能写出这样温柔的词，这个人不会是坏人"。

齐秦说过，王祖贤是那种一定要有人接送、被人捧在掌心的女孩子，每次和她约会，他再忙、再累，都要亲自接她出来，再亲自送她回去。

那是王祖贤最幸福的时期，她去上《今夜不设防》时，笑意满满得都要从眼睛里溢出来，对着镜头憧憬地说："一个女孩子总要有个归宿，我想我肯定会结婚的。"

那个时候她还太年轻，根本不知道未来有什么在等待着她。人在年轻的时候，大多都不知道未来有什么在等待着自己。

我们只是无端地感到快乐，以为会称心如意一辈子。

和齐秦在一起的十五年内，他们分分合合了很多次。

就是在第一次和齐秦分手三年后，王祖贤和已婚富豪林建岳传出了绯闻。

这段恋情给她光明的前途蒙上了一层阴影，毕竟，男方使君有妇，舆论对她太不利了。

实质上，王祖贤是有些感情洁癖的，她并无插足他人家庭的欲望。林建岳热烈追求她时，做出过很多一掷千金的疯狂举动，她开始并不为所动。直到他向她表示已与太太分居，她才同意和他交往。

他们的恋情曝光后，舆论一边倒地指责王祖贤，她没有为自己撇清，多年后提起林建岳，她也并无怨言，反而说"每个片段都是美好回忆"，又说"这是一种人生经历，不是坏事"。

不得不说，王祖贤是有些孤勇的。这样的孤勇，让她付出了巨大的代价。仅仅二十六岁，就迫于舆论的巨大压力，选择了告别影坛，远走加拿大。她的明星生涯，算是到此为止了，后来虽拍了部《游园惊梦》，也只是惊鸿一瞥。

留在台湾的齐秦，对抗失恋的方式是继续写歌，这次他写出的歌叫《不让我的眼泪陪我过夜》，适合每个失恋的人在深夜反复循环。

写歌的是他，被动的也是他，主动提出复合的是王祖贤。几年后，她给他打电话说："我们还能在一起吗？"齐秦当然说好。

数日后，他们双双出现在东京羽田机场，齐秦霸气地对着记者宣告："我爱她三辈子！"她被他揽在怀里，脸上是久违的灿烂笑容。

她以为这次应该会修成正果了。

为了这段感情，他们都几乎拼尽了全力。

她因为林建岳的事声名扫地，他不计前嫌，写歌唤她回归；他闹出了私生子事件，她大度地发言挺他。

他发行新唱片，她就出演 MV 的女主角，在那首叫《悬崖》的歌里，她光着脚，一路狂奔。他则鼓励她进军歌坛，并亲自操刀，帮她出了一张专辑叫《与世隔绝》。

但他们精心织就的爱情童话终究敌不过一地鸡毛。

就在齐秦宣布要去西藏结婚后几个月，王祖贤对外称"结婚是齐秦单方面的想法"，然后，她再次远走加拿大，不管齐秦如何苦苦挽留。

关于分手，她说了一句很有哲理的话："与齐秦分手是跟今天的他分手，并不是和过去的他分手。"

他早已不再是过去的他，她又何尝是曾经的她？嫌隙早已产生，裂痕日渐扩大，他们再也回不去了。她上电视节目时说，结婚是要找到一个和自己精神能够达成共识的人，找到的机率太小，所以她很难结婚了。

所幸还有那些他为她写下的歌，珍存着他们最美好的回忆，那是他们爱情时代所遗留下的琥珀。

从那以后，她果然过上了与世隔绝的日子。就像在专辑《与世隔绝》中所唱的，对于未来，她选择"任世界遗忘，直到路都湮灭"。

曾经住的是山顶豪宅，如今换成了两房一厅二十几平米的酒店公寓；曾经穿的是锦衣华服，如今一袭布衣；曾经纸醉金迷，如今皈依佛门。

她任由自己素面朝天，甚至任由自己发胖，被媒体拍到了变胖的照片，她也一笑了之。

尽管如此，世界还是没有遗忘她。齐秦曾去加拿大找她，她避而不见。她每次现身，都会引起轰动。百度"王祖贤贴吧"聚集了一大批爱她的粉丝，有人留言说：真可惜我不能知道我的偶像最近好不好。这样也好，遇不见的，在时间里。王祖贤，我好想你。

近些年看到她的消息，是在 2016 年年底，她的父亲出殡，她一袭黑衣、脂粉不施地出现在灵堂，仍旧是一头乌黑长发，戴着墨镜遮面。

有好事的记者问起她的感情，她平静地说："没有交男友，一切都是修佛。我想我的姻缘没有了，感情今生已经了了。"

还记得从前她说，一个女孩始终是要结婚的，我喜欢家庭。后来她说，我的字典中没有"结婚"两个字，现在她说"感情今生已经了了"。

真令人唏嘘。

时光是如何划过她皮肤，改变她心境，只有她自己最清楚。

也许王祖贤已在佛法中找到了宁静，可人们提起她来，总是会叹一声"真是红颜薄命啊"。

有句俗话说："自古红颜多薄命。"我曾经很难理解这句话，因为"美貌"对女人来说实在是上天赐予的最珍贵的礼物。我认识一位美女姐姐，就曾坦白对我说：一个女人只要长得漂亮，就会有各种各样的机会送上门来。

确实是这样的，可机会多了，诱惑也就多了，美女一生中遇到的诱惑可能是寻常女孩的数倍，它们出现时通常被包装得亮光闪闪，你无法知道里面到底藏着什么东西。从这个角度来说，美女受伤的可能性也远远大过普通女孩。

王祖贤就是这样，齐秦和林建岳给过她的宠爱有多少，伤害就有多深。她被人宠惯了，一旦宠爱不再就像从云端跌落，为了避免再次受伤，她索性不再恋爱。

所以决定一个人薄命与否的，关键不是美貌，而是你的内心是否强大。

时针拨回到1989年，《今夜不设防》里的王祖贤一脸满满的胶原蛋白，整个人美得闪闪发光，对着镜头说："这段时间是我人生最满足的时间，因为我又有爱情，又有事业，什么都很顺利。"

那个时候她还太年轻，不知道上天赐给她的每一件礼物，都早已在暗中标好了价格。

袁咏仪：爱着你的不完美

听说现在的年轻人都不爱结婚了，婚姻曾经是很多女孩子向往的事，可如今她们却调侃说："手机不好玩还是零食不好吃，为什么人一定要谈恋爱、要结婚？"更有甚者，讽刺说："听说女孩子不好好努力，以后就只有结婚了哦。"

仿佛婚姻成了一种惩罚，一种失败，甚至是一种酷刑。

婚姻真的有这么不堪吗？

当然并非如此。哪怕是在离婚率很高的娱乐圈，也可以看到一些幸福婚姻的模板，比如袁咏仪和张智霖。

这一对和传统的那种相敬如宾的夫妻并不一样，他们就像我们小时候在港剧里常见的欢喜冤家，一见面就斗嘴，整天打打闹闹的，可恩爱程度一点儿也不比传统夫妻少。

他们都不是什么完美无缺的人，身上有不少缺点，奇怪的是，两个毛病多多的人，却拥有了称得上美满的婚姻。观察他们的相处之道，对有意步入婚姻的人来说不乏启发之处。

袁咏仪，江湖人称"靓靓"，年轻时短发利落，一双大眼睛顾盼生辉，的确称得上靓绝全港。但凡美女有的毛病她都有，比如优越感爆棚、恃美而骄等。一般美女没有的毛病她也有，比如暴脾气、爱骂人。

这一切，都怪她当年一出道就太红。袁咏仪在香港电影圈制造的奇迹，可以说是"前无古人、后无来者"。1990年，她参选香港小姐，一举将"港姐冠军"和"最上镜小姐"两个最有分量的奖拿下。恰好前一年的港姐陈法蓉也是短发，她们一起引领了短发的风潮，让人们发现，原来短发女孩也可以如此俏丽，如此清爽。

袁咏仪更是以"靓"服人，是以赢得了"靓靓"的美名。这位大眼美女获得了众多导演的青睐，出道刚两年就凭着首部电影《阿飞与阿基》中的精彩表现，获得了第十二届香港金像奖的最佳新人奖。次年，又以《新不了情》晋升为香港金像奖最佳女主角。下一年，她居然连庄①金像奖，凭《金枝玉叶》又一次斩获最佳女主角。

连拿三次金像奖，而且蝉联最佳女主角，这样的纪录至今无人可破。袁咏仪的演技的确可圈可点，她有一双灵动的大眼睛，演起戏来兼具灵气与张力。在《金枝玉叶》中，她即使和张国荣、刘嘉玲这样的老戏骨飙戏，也显得毫不逊色。所谓"初生牛犊不怕虎"，袁咏仪能大红大紫，凭的就是这股谁也不服的任性劲儿，可最终断送她前程的，也是这股任性劲儿。

---

① 麻将术语，庄家和牌称之为"连庄"，庄家连庄叫"连一"，接下来在同一圈中再连庄叫"连二"，以后"连三"、"连四"……以此类推。

袁咏仪的暴脾气在圈内可以说"臭名昭著"，她自诩是个野孩子，一张狂起来未免有些没轻没重，圈内一度盛传她爱耍大牌。张国荣曾告诫过她要收敛点儿，可惜她没听进去。据说她耍大牌都要到了成龙头上，成龙是谁，那可是圈中的大哥。大哥受了气自然不会善罢甘休，立马向香港导演协会投诉，称她不配合剧组，导致了她被"封杀"。

这事的真假无从追究，很多年以后，她和成龙终于拍了一张合照，被媒体形容为"冰释前嫌"。不知道这个时候的她，经历了那么多起伏浮沉，是否有些后悔自己当年的年少轻狂。

耍大牌只是传闻，爱骂人却是真的。香港娱乐圈有三大"恶人"，分别是吴镇宇、黄秋生和张家辉，他们是媒体眼里脾气坏、不配合的"恶人"，却都很怕袁咏仪。有次做美食节目，张家辉和黄秋生本来想损袁咏仪，结果被她吼得乖乖去切姜。吴镇宇和张智霖一起拍《冲上云霄Ⅱ》，有记者提问吴镇宇说他那么严肃，张智霖会不会怕他时，吴镇宇一脸严肃地说：他连袁咏仪都敢娶，怎么会怕我？

话虽如此，其实当年张智霖能娶上袁咏仪，在大家眼中绝对属于高攀。

他们相识于1993年合拍的《边城浪子》，当时正是袁咏仪风头最劲的时候，张智霖却还是个没什么名气的新人。其实早在拍这部戏前，袁咏仪就听过他唱的《逗我开心吧》，当她看到MV中那个阳光俊朗的男生，脸上有一个很深的酒窝，一下子就看对了眼。

两人拍戏时渐渐情愫暗生，但张智霖毕竟有些担心两人名气悬殊，所以不敢向她表白。

还是袁咏仪胆子大，拍戏期间，她主动约他吃火锅，因此被说成"倒追"。后来张智霖解释说，谈不上倒追，因为他早就对她颇有好感，在 TVB 拍戏时常找借口去电视台晃悠，就为了能借此看一眼来录节目的袁咏仪。

谁追谁并不重要，重要的是他们对彼此的喜欢都不比对方少。

恋情公开后，袁咏仪的朋友都不看好，他们觉得张智霖名气小，地位低，而且绯闻不断，难保是个花心大少。袁咏仪却认为："如果他像别人传的那样花心，又怎么会对我如此规矩；若他只是想和我游戏，又为什么这么有耐心？我应该给他一个机会，也是给自己一个机会。"

他们两个的性格大相径庭；一个性子急，一个慢吞吞；一个主动，一个被动。可以说，袁咏仪在这段感情里始终处于主动一方。相恋多年后，她对一贯被动的张智霖有点儿看不过去了，禁不住对他说：为什么我们在一起这么久了，你还不和我求婚？张智霖沉默了一会儿，才说出理由，原来他怕以目前的能力还不能给她好的生活，想等事业上升了再给她一个承诺。

他们的恋情，也并不像很多媒体描述的那样一帆风顺，而是有过巨大波折的。这波折，就来自男方的动摇。

2000 年，张智霖和佘诗曼合拍了《十月初五的月光》，收视不错，这算是他个人事业上的一个小里程碑。正是在这部戏时，他和佘诗曼传出了绯闻。港媒对此描述得有声有色，比如拍戏休息时，女方坐在男方大腿上意图勾引他，又说张智霖被蚊子咬了，佘诗曼当即毫不避嫌地用口水替他涂抹。

说实话，一段感情维持了这么久，确实难免会有倦怠的时候。佘诗曼也许动了横刀夺爱之心，可惜她碰到的是袁咏仪，战斗力远超于她。

香艳传闻之后，就是袁咏仪大闹片场的传闻。据说她当场掌掴了绯闻女主角，又严令男友回家解释。多年后，她做客电台，好事的采访者不怀好意地提起这段传闻，她当即忍无可忍地叫道："我想用刀捅死她！"

凭着这股挡尽桃花劫的气势，张智霖果然乖乖回家了，翌年又乖乖娶了她。每个男人需要的女人不一样，或许对于他来说，乖乖牌终不敌剽悍风。这以后，他没再闹过什么绯闻，一来是心定了，二来是袁咏仪管他也实在管得严。

所以我从来不赞同有些媒体将他们描述成天上地下，绝无仅有的神仙眷属。在我看来，他们就是一对普通夫妻，有过龃龉，闹过风波，可最终还是选择坚定地和对方走下去。两个人要白头到老，有时需要的就是"我要和你走下去"这种毫不动摇的信念。

真正在婚姻里历练过的人都知道，从来就没有什么完美的婚姻，一段婚姻，能够十全九美已经很不错了。婚姻里，如果你舍弃不了对方的优点，那么就得学会去包容对方的缺点。

就拿袁咏仪和张智霖来说，他们身上都有很多我们普通人都觉得难以忍受的缺点。

袁咏仪结婚前脾气就大，生下儿子后更是性情大变，变得十分喜怒无常。张智霖体谅她的不易，那段时间经常推掉很多戏回家陪她，直到她情绪稳定。

上《志云饭局》[①]时，她还自曝年轻时贪慕虚荣，曾被有妇之夫包养过。对此，张智霖回应："我很遗憾我没能更早认识她，那样就可以保护到她。每个

---

① 香港无线生活台的收费电视节目，由电视广播有限公司总经理陈志云主持。该节目于饭局中，一边吃饭一边访问。节目每集都会访问各地各人，访问地点依嘉宾口味而定。

人都会有过去。人生要有不同经历，人生才会圆满。我自己也不是什么圣人。我也不完美。"

这番话说得真好啊，真想给他点一万个赞。人贵有自知之明，张智霖就是一个很有自知之明的人，很多人只看到了他对袁咏仪的包容，可能只有他才深刻地体会到，袁咏仪何尝不是在迁就他呢？

她知道他在事业上没有太大的野心，也从不望夫成龙，而是任由他和一帮朋友们胡混瞎闹。张智霖和郭富城、余文乐、沈嘉伟（邱淑贞老公）是香港著名的"废柴四人组"，经常混在一起打麻将、玩桌球，一个星期能玩上七天。袁咏仪对此听之任之，偶尔忍不住了也会发飙说老公和他的朋友们都是一群"废物"。

她知道他本质上是个风流种子，对于他有的没的那些绯闻，她采取的方式是双方坐下来好好检讨，看看怎样才能做得更好，以防日后再发生类似的事情。

袁咏仪爱买包包是出了名的，连自己也算不清有多少包包，她最喜欢的城市是巴黎，因为巴黎有爱马仕，最喜欢的颜色是橙色，因为爱马仕是橙色的。

也许你会说，这样的败家老婆，还不赶紧休了！却不知，她多年来一直跟着老公租房子住，从来没抱怨过什么。没买房子省下的钱也不是她一个人花了，老公有比她更烧钱的爱好，那就是买车，而且都是豪车。因为豪车太多，他有时候也会转手出去再买新车，黄晓明求婚时候送 Baby 的兰博基尼，前任主人就是张智霖。

讲到夫妇相处之道，张智霖列出过一条"结婚方程式"："我觉得两个人在一起，不是 1+1，而是 0.5+0.5，意思是要舍弃一半自己的东西，然后去接纳对方的一半。大家相处，不可以那么自我和霸道，要平等，所以我不会大男人，但我会做男人应该做的事，保护家人。"

真不愧是袁咏仪爱了二十几年的男人，说出来的金句一句比一句赞。

这样剖析了他们的婚姻后，可能有粉丝会倒吸一口凉气，嚷嚷说什么又不相信真爱了。拜托，这才是真爱好吗！真实的爱，并不是爱着一个完美的幻象，而是爱着真实的彼此，连同对方的坏脾气和小缺点一同爱上。

关于爱情，王小波曾经说过一句很动听的情话：我把我整个灵魂都给你，连同它的怪癖，耍小脾气，忽明忽暗，一千八百种坏毛病。它真讨厌，只有一点好，爱你。

我的朋友、作家午歌也说过一句同样动听的情话：一想到你的不完美呀，便觉得更加爱你了。

是呀，不完美又怎样，关键是我爱你，你也恰好爱着我。有了这份爱，我们才愿意在这不完美的世界里，去营造一份相对完美的爱情，就像袁咏仪和张智霖那样。

蔡少芬：女强男弱也可以长久

继何洁和赫子铭离婚的传闻之后，又传来了蔡依林和男友锦荣分手的消息。如果说何洁夫妇因为之前在真人秀上晒过恩爱，突然离婚让大众有些接受不了，那么蔡依林分手简直赢得叫好声一片，她和锦荣交往了六年，媒体就足足唱衰了六年。

在大众看来，女强男弱的爱情，注定无法长久。

这两对以分手告终的情侣，女方在经济、社会地位、名气等各方面都处于绝对强势的地位。

蔡依林刚和锦荣在一起，媒体就大肆泼冷水，称女方收入是男方的311倍，更有刻薄的记者，索性称锦荣是"后的男人"。

何洁这边的情况也差不多，赫子铭打情感热线去向主持人诉苦，坦言老婆事业很强，主要是她挣钱养家。两人结婚以来，他基本上处于停产状态，工作半年休息半年，接的都是小角色，何洁则挣了不少钱，所以在国内广置房产，

别墅都买了两套。

按照中国人传统的感情模式，男的最好比女的强一点，男人负责挣钱养家，女人负责貌美如花，这样才有利于家庭的长治久安。所以这两对情侣都不被大家看好，现在分开了，更加验证了很多人"情侣关系中男人就得比女人强"的坚定信念。

大多数人都持有的观念，当然未必就一定是正确的观念。"女强男弱必不长久"的魔咒是否完全不能打破呢？当然不一定，只要当事双方都有智慧、会经营。

蔡少芬和张晋就堪称这方面的典范。

一开始，他们之间的关系是典型的女强男弱。

年轻一辈对蔡少芬的印象，可能停留在《甄嬛传》中那个瘦弱、腹黑的皇后娘娘身上，娘娘哭着说"臣妾做不到"的样子更是成了风靡一时的表情包。熟悉港剧的人都知道，蔡少芬风华正茂时可比嬛嬛还要水灵得多，她十七岁出道，凭着俏丽可人的外貌一举夺得港姐季军，风头甚至盖过了同年度的冠军郭蔼明。

她对自己的美貌也很有信心，有次没见过面的朋友去机场接她，她自信地介绍说："机场里最靓那个就是我！"

长得这么美，偏偏演技还很好，十九岁就担纲女主角，演了一大堆脍炙人口的剧集，如《魔刀侠情》《妙手仁心》《陀枪师姐》《创世纪》等，和陈慧珊、宣萱、郭可盈并称为"TVB四大视后"。二十五岁就获得了万千星辉最佳女主角（也就是传说中的视后），二十八岁主演《洛神》，更是美出了新的高度，她扮演的甄宓（也就是洛神）和郭羡妮扮演的郭嬛（郭女王）双姝斗艳，成为众多粉丝心中的白月光和朱砂痣。粉丝中笔名有个叫"流潋紫"的，沉迷于此剧不能自拔，多年后写宫斗小说时，就是在两大女主甄宓和郭嬛中各取一字，融合成"甄嬛"一角。

蔡少芬事业虽得意，情路却一直多舛。十八岁时，当选港姐仅一个月的她在丽晶酒店里举行了盛大的生日会，庆祝她步入成人世界。整场生日会的规格相当高，据说斥资达百万，那可是 1991 年的一百万。十八岁、卜卜脆的蔡少芬作为唯一的主角，衣着华丽，笑意盈盈，显得相当意气风发。

这场豪华生日宴的金主，香港媒体直指富豪刘銮雄。大刘是圈中出了名的"女星狙击手"，被他"狙击"过的女星多到可以围成一圈打两桌麻将。小报盛传蔡少芬就是大刘庞大的后宫团之一，奇怪的是，人们对和大刘有染的众女星如关之琳、李嘉欣都颇有微词，唯独对蔡少芬诸多包容，从未过多苛责。

因为她和大刘传出绯闻，实在是有不得已的苦衷。这苦衷就是她身后有着一个滥赌成性的母亲，她那么多年胼手胝足，奋力工作，却一直填不满母亲赌博造成的无底洞，而大刘，在经济上和精神上都可以照顾她。直到 2000 年，苦撑了多年的她召开记者招待会，单方面宣布与母亲脱离关系，再也不替母还债，人们这才知道，这个甜美、乖巧的女生以她瘦弱的肩膀承受了多么难以负荷的重担。

在此之前，她早已和大刘分开，嫁入豪门从来不是她的梦想，她所想要的，只不过是一段清白干净的感情。

那之后她和吴奇隆走在了一起，巧的是，吴奇隆也有一个挥霍成性的父亲，相似的身世让他们同病相怜，苦命人遇见苦命人，连一贯毒舌的媒体都觉得他们不容易，给予他们的只有祝福。可这段感情只维持了不到三年，对于负累太

多的他们来说，也许相濡以沫，还不如相忘于江湖。

受尽了情伤的蔡少芬彻底投入了工作中，借繁重的工作量来填补失恋的空虚。她算是北上拍戏的第一批港星，那时候的她三十岁了，已经不太年轻了，人也日渐消瘦，不再是少年时意气风发的模样。

想不到的是，当她对爱情已差不多绝望的时候，居然遇到了此生的真命天子。他就是张晋，两人结识于合拍的《水月洞天》。这是一部乏善可陈的雷剧，唯一的亮点是促成了她和他的相遇。

那部剧里，她是女一号，他连男二、男三都排不上，只能算是男 N 号。两人之间的差距简直要以光年来计，作为一个默默无闻的小武指，张晋可以说是勇气惊人，他对她一见钟情，曾连续三次向她表白，尽管次次都被婉拒了，但仍然毫不气馁。等到两人合拍《水月洞天》的续集时，他按捺不住，又一次对她告白说："有一个男人，他没有名，没有利，只有一身武功和一颗不变的爱你的心，这样的男人，你会接受吗？"

这次，蔡少芬被打动了，选择接受了他。为什么会接受这个既没有名、又没有利的小武指，她给出的解释："我是个受过太多伤的人，对幸福没有奢求，只想拥有一份甜蜜真挚的爱情。他的真诚，他的努力，他对我的好，让我实实在在地感觉到了什么是真正的爱情。"

由此可以看出蔡少芬的性格特点：她不贪心，知道自己要什么。这样的女人，看似要的不多，但终究会得到她想要的东西。而那些什么都想要的女人，多数都会毁于贪婪。

港媒非常不看好这段感情，可她还是毅然披上婚纱嫁给了张晋。一时间舆论哗然，矛头纷纷指向张晋，嘲讽他是"小白脸""吃软饭的"。对此，张晋没有说什么，他坚信时间会证明一切。蔡少芬则护夫心切，发了一封致媒体的公开信，信中一个又一个感叹句，把张晋夸上了天。

作为外人眼中并不般配的一对夫妻，他们树立了女强男弱式婚姻该如何经营的范本：

身为强势一方的女人，不能抱有下嫁或俯就的心态，眼里要看得到男人身上的闪光点。原本低调的蔡少芬，婚后活生生成了"炫夫狂魔"，在她眼里，老公张晋是世界上最好的男人。看她上真人秀节目时，提起张晋来眼睛都在闪光，满脸崇拜地夸奖他武功好、心又细，一副恋爱中的甜蜜小女人姿态。

作为弱势一方的男人，也得学会珍惜和感恩，并将之化为成长的动力。

张晋憋着一口气努力了很多年，终于凭《一代宗师》中的"马三"一角在香港金像奖上拿到了最佳男配角，在台上动情地表白说："有人说我这辈子就要靠蔡少芬，是的，我这辈子的幸福都要靠她了。"

这一刻，台下的蔡少芬哭成了泪人。人们说，这是苦尽甘来的眼泪，殊不知，她和他在一起的每一天都从未觉得苦过，不管他是一文不名还是功成名就，她都百分百地爱着这个男人。

多少婚姻，夫妻双方都忘了给对方点赞，耗尽一生都在做彼此的差评师。蔡少芬和张晋却不一样，他们相互崇拜，是彼此最忠实的粉丝。张晋曾不止一次夸赞蔡少芬演技了得，是自己的偶像。蔡少芬更是坚信好男人是夸出来的，当大家说她是"炫夫狂魔"时，她辩解说："其实我真的不是一个炫耀老公的高手，不是成魔，我只是欣赏他，我觉得这是一个聪明女人的做法。我只是要把好感情给大家看，让大家知道，一段感情，小孩子也一样，你要让他好，让他进步，夸他就对了，能夸就夸！"

于是，她夸出了一个新晋男神，一个将她奉为女神的绝世好男人，一段人人称羡的好婚姻。好的婚姻，会把彼此都变成更好的自己。所以我们看到，张晋越来越帅，越来越红。蔡少芬也被滋养得美丽迷人，事业上同时迎来了第二春。

当然，并不是每个男人最后都要胜过自己的太太，爱情原本就可以有多种模式，既然一段关系里男人可以比女人强，女人当然也可以比男人强。

最重要的是，不管谁强谁弱，双方都要互相尊重、互相欣赏，经济、地位可以悬殊，但思想上得势均力敌，精神上得门当户对，男人懂得体恤女人的不易，女人懂得感激男人的付出，这样才能够牢固。

邱淑贞：选男人，只选对的不选贵的

2017年虎扑女神评选邱淑贞以黑马的姿态一路杀入决赛，力压高圆圆，成了男人心目中的最美女神。

网友评选港片中最美六大瞬间，其中一个瞬间就是"淑贞咬牌"。画面里，邱淑贞饰演的海棠一袭红裙，黑发如瀑，嘴里叼着一张扑克牌。那张下巴尖尖的小脸，真的比扑克牌大不了多少，让人相信世上真的有"巴掌脸"这回事。

生活中的邱淑贞，就像她的名字那样，"淑良贞德"，性感只是她的外衣，骨子里却透着端庄。和她有过一段情的导演王晶评价她说："邱淑贞并不是个卖弄风情的女人，实际上她是个傻傻的没什么心计的女人，和银幕上的乖巧、性感、聪明完全是两码事。"

王晶的评论我只信一半，邱淑贞确实没什么心计，但绝对不是个"傻傻的"女人。和她演过对手戏的任达华就说过，在他合作的女星中，邱淑贞身材最劲爆，

头脑也最聪明，属于那种一点就透的绝顶聪明之人。

邱淑贞的聪明，从她挑男人的眼光和对待男人的态度中就可见一斑。娱乐圈中美到她这个段位的女明星，身边总会围绕着一大堆狂蜂浪蝶，这个时候，选择什么样的男人就很考验一个人的眼光和头脑了。多少艳冠一时的女明星，就是毁在了"遇人不淑"这四个字上，可邱淑贞却没有栽在这个上面，她从来都只和对自己特别好的男人在一起。

她最引人关注的一段情，是和王晶。

早在她参选 1987 年香港小姐时，王晶就注意到了她。那时她与李美凤并列当年的最热门佳丽，成功杀入十二强，但被候选佳丽黄莺揭发下巴整过容，只得愤然退出。她辩解说，早年跌坏了下巴所以动过手术，并没有整过容。

有没有整过容已经不重要了，重要的是有眼光的人早一眼看中了她的潜力。

王晶就是独具慧眼的人之一，他曾在《少年王晶闯江湖》一书中有这样的自述："四寸黑白小电视里，我看到一颗明星。虽然李美凤在这一届的港姐比赛中风头很劲。但在这一晚，我觉得只有一颗明星。所有的女孩都很美，但我已看出来，能在电影圈走红的，只有一个——邱淑贞。她随意梳了小马尾，穿一袭白短裙，就像个活泼的小公主。她的清纯与活力，令我难以忘怀。"

当然有眼光的人不只他一个，所以邱淑贞尽管落选了，但还是很快有人找她去拍戏。

王晶与邱淑贞结缘于《撞邪先生》，拍戏第一天，邱淑贞当时的男友开着辆红色法拉利送她到片场。王晶发现邱淑贞十分有想法，没有玉女包袱又喜欢恶搞，于是在下一部戏《最佳损友》中让她出演女主角"屈豆豆"，"豆豆"

这一绰号由此而来。

邱淑贞当然察觉到这个胖子导演是爱慕自己的，只是那时她已有男友，并没有接受王晶的追求。等到她后来和男友分手，加之拍了几部戏反响平平，才想起来王晶这个后备。那时王晶在演艺圈势头正旺，正忙着导演《赌神》《赌侠》等一系列影片。一天，在片场，他接到了"心仪女孩"的电话，之后那个女孩又来片场探班，两人就自然而然地开始了。

这个心仪女孩，自然就是邱淑贞。没过多久，王晶在《赌神Ⅱ》中为她安排了一个角色，邱淑贞由此踏上了大红大紫之路。

九十年代的香港风气开放，已有家室的王晶和邱淑贞相恋，不但很少有人指责，反而被视为"名士风流"，成为城中佳话。

圈内人都知道王晶对邱淑贞一片痴心，为此他还获得了"痴心情长剑"的美名。同样做过小三的李嘉欣就非常羡慕王晶对邱淑贞的忠贞，在电话里将刘銮雄骂得狗血淋头，责问他为何不能学王晶那样对邱淑贞忠心耿耿，而是要去捧洪欣等其他女星。

爱上已婚男人的女人通常有一套自己的逻辑，她们往往视正室如无物，因为男人们口口声声说，和正室之间早就毫无感情了。她们最不能忍受的，是男人和其他女人有纠葛，这等于背叛了她们的爱情。

王晶对邱淑贞，一开始确实称得上"痴心情长"。他坦言当时和老婆早已分居，邱淑贞是他五年间唯一的女友。

可以说，是王晶造就了屏幕上的"性感尤物"邱淑贞。邱淑贞的代表作大多拍摄于此期间，没有他，就没有我们熟悉的那个女星邱淑贞。

那五年里，邱淑贞是他唯一的御用女主角。当时永盛公司最红的花旦就是邱淑贞和张敏。老板向华胜力捧张敏，王晶则力捧邱淑贞，如果一部戏里既有张敏，又有邱淑贞，戏份的安排就成了难题。王晶是真的用生命在捧邱淑贞，为了她连老板都可以顶撞。

也是他为邱淑贞设计了性感路线，让她在《赤裸羔羊》中一脱成名，成为"全香港男人的欲望"。虽说是拍三级片，可邱淑贞在王晶的保护下连三点都不用露，凡是有裸露的戏份，全由替身完成，她本人不用亲自上阵。

这样的浓情蜜意，后来也渐渐冷却。几年之后，王晶和邱淑贞走向了决裂。分手的导火线只是一件小事，王晶在新片中用新晋女星担任了主角，邱淑贞却沦为女二号。

一贯被当成公主呵护的邱淑贞哪受得了这个气，干脆利落地离开了王晶，转而接受了沈嘉伟的追求。

沈嘉伟创立的I.T公司虽然日后市值过十亿，但当时他只是一个刚刚起步的小富豪。邱淑贞选择他，还是因为他对自己好。她选择男人，就像真正聪明的女人买东西一样，只选对的，不选贵的。

社会上普遍对拍过三级片的女星抱有偏见，朋友听说沈嘉伟和她交往，就窃笑着劝他："邱淑贞啊，好堕落。"沈嘉伟却用一句"堕落，但我快乐"堵住了悠悠众口。

沈嘉伟是在张国荣开的"为你钟情"餐厅中向邱淑贞求婚的。在朋友们的策划下，他挑了邱淑贞生日那天，手捧着钻戒向她求婚，在场的张国荣、张曼玉、吴君如等人一致为他打气。婚礼随后在日本著名的彩虹桥举行，当时并没有太多钱的沈嘉伟为心中佳人一掷千金，举行了轰动一时的"百万婚礼"，连婚车都是花了十几万从大阪租来的法拉利。

和沈嘉伟定情后，邱淑贞曾上电视节目接受访谈，当主持人问到沈嘉伟有何优点吸引她时，她毫不犹豫地回答说："他的优点多到数都数不完。"她看中的，是他的人品，她说沈嘉伟在公司业绩低迷时也不忍对员工降薪裁员，这点深深打动了她。

她果然没有看错人。一个对员工都那么仁慈的男人，对好不容易娶回家的老婆自然是情深义重。结婚近二十年，她从娇俏少女变成了风韵少妇，沈嘉伟对她的宠溺没有减少半分，在 I.T 集团正式上市的时候，沈嘉伟一早就将 1600 万公司股息及价值半亿的公司股份分给爱妻。对这个老公，邱淑贞赞不绝口，夸他是"好老公、好爸爸"，如果要打分，会给他打九十八分，剩下两分只不过是鸡蛋里挑骨头。

而她呢，也没有辜负他的爱意。这些年里，她为他退出影坛，专心相夫教女。都说她"旺夫"，其实她只是不遗余力地帮衬夫君。她为他担任公司的形象代言人，亲自陪他去日本、欧洲挑货，还利用自己的人脉，请来张曼玉担任公司的形象创作总监，让公司的知名度和业务更上一层楼。

她肯定是不会复出的了，香港电影市场那么低迷，还出来抛头露面干什么呢？不如安心待在家里，继续做她的豪门阔太。

媒体总是习惯将嫁进豪门的女星想象成怨妇，可一个女人过得幸不幸福，从她的脸上是看得出来的。生了三个女儿的邱淑贞，依然风姿楚楚，时光对于有些女人是把杀猪刀，到了她身上却成了一把雕刻刀，将她雕琢得越来越有韵味。

连万花丛中过的王晶都对她怀念不已，说见过了这么多女星，只有邱淑贞

真正像一个小公主一样惹人怜爱。

什么样的女人，才会像公主一样永远被人呵护呢？我想应该像邱淑贞这样：识时务，知进退，懂得珍爱自己，也只和宠爱自己的男人在一起。

可并不是每个女人都想成为邱淑贞，因为不是每个女人都想成为男人的最佳礼物。以前的女人通过征服男人来获取江山，现在却有越来越多的女人，只想自己来打江山。这样的路自然辛苦些，对于女人来说却是一大进步，至少，她们拥有了更多的选择。

李嘉欣：谁说美女没有灵魂

喜欢李嘉欣的人对她赞叹不已，不喜欢她的人提起来则嗤之以鼻："不就是嫁了个有钱人嘛！"

这话说得轻巧，好像只要长得漂亮，就有大把有钱人捧着钻戒等你嫁入豪门。说这话的人，未免太过低估了有钱人的智商。

有钱人其实精得很，华尔街曾流传过这样一则故事：一个二十五岁的金发美女，在论坛上发帖想嫁个金龟婿。结果一个符合条件的富翁回复她说：你的美貌会消逝，而我的财产不会减少，从经济学角度来看，我是增值资产，而你是贬值资产，我没必要跟你结婚。

你看，有钱人可一点儿都不傻，想嫁给他们，难度系数不比挣钱小。

现在你知道李嘉欣完成的任务有多难吧，三十八岁的她赶在美貌将逝时嫁给了香港著名的钻石王老五许晋亨。我们不搞道德审判，不做人身攻击，从纯

技术的角度来分析下，她是如何实现这一目标的。

江湖传说爱把李嘉欣描述成一个为嫁进豪门不择手段的人，这可真是小瞧了她。她也有自己的底线，在做客《鲁豫有约》时，她就再三强调过，自己对爱情是有底线的。

她的底线是什么？就是对方必须要对她平等、忠诚、贴心。这从她几段最著名的恋情中可以看出来。

一段是和黎明的恋情。

都说她爱富豪，其实她也爱帅哥。入行之初，交往的就是倪匡的儿子倪震，后来在拍《原振侠》时，又和大帅哥黎明传出绯闻。这部片子是我的童年至爱，那时黎明和李嘉欣都处于颜值巅峰，俊男美女实在太登对了。

李嘉欣对黎明用情一度很深，当着媒体的面对他赞不绝口："他从小熏陶出了一身的富贵气，一种与生俱来的、骨子里透出的优雅和举重若轻。"他们如热恋中的普通人一样，开着车去山顶看星星，在绝美的星光下长吻。

她时刻将黎明挂在嘴边，可黎明却对外声称："只是朋友。"

要知道那时黎明是炙手可热的天王，做天王嫂是需要隐忍的。但李嘉欣接受不了这种见不得光的恋情，她可不想做什么天王背后的女人，对黎明的态度很快从热烈到冷淡，一句"我和黎明不会有好结果"宣告了这段恋情的终结。

所以，她的底线之一就是不接受偷偷摸摸的恋情，要在一起就必须公开。她自己就是这么身体力行的，哪怕是和有家室的男人在一起，也大大方方毫不遮掩，最大的自信是"事无不可对人言"。

再来看她和刘銮雄的恋情。

刘銮雄人称大刘，是著名的"女星狙击手"，追求过的女星有关之琳、蔡少芬、洪欣等，李嘉欣则是著名的"富商狙击手"，交往过的富商有罗兆辉、庞维仁、覃辉等。两个"狙击手"一相逢，倒真是棋逢对手、势均力敌。

大刘对李嘉欣，完全就是"霸道总裁爱上我"的现实版本。他对她宠溺倍加，有过一挥手送她两千万豪宅的壮举，也有过停电时爬二十层楼送肠粉给她吃的温柔。知道她上进，就鼓励她学英语，还从英国大学里请教授来教她。

李嘉欣在这段恋情里，完全是"人挡杀人、佛挡杀佛"的气势，力图以一己之力，来挡掉盛开在大刘生命中的其他桃花。大刘前脚刚和关之琳同游欧洲，她后脚就和他去同游日本；大刘力捧洪欣，她就打电话过来将他骂得狗血淋头；她甚至常常在午夜给原配宝咏琴打电话，俨然以正室自居，多年后才后悔当时不该伤害他人。

可以肯定，李嘉欣是大刘一生至爱，所以他才会把名下的大厦命名为"The One"，才会在李嘉欣骂他时一言不发地乖乖挨骂。可他天生多情，有了一生至爱，还是忍不住去招惹其他女星。

李嘉欣可没甘比那样的哑忍功夫，当她发现大刘没办法对自己专一时，就当机立断，忍痛和他分了手，理由是"一段爱情里不能容下太多人，他的女朋友太多，我接受不了"。

向花心富豪要忠诚，这听起来有点荒谬，可她真是这么想的，当发现对方一再突破她的底线后，她就会断然离去，毫不犹豫。

大刘对李嘉欣念念不忘，分手多年后仍在她三十六岁生日时登了一整版的"The One"为她祝贺，而当时的男友许晋亨不甘示弱，用车牌"METOO"勇

敢回击。

看了以上两个故事，就不难发现，为什么李嘉欣的豪门之路会如此多舛。如果她肯低调一点，稍微忍一忍，也许如今站在大刘身边的那个女人就不是甘比，而是她。

可她就是不愿隐忍，她其实把尊严看得比什么都重要。这和她的出身有关，她算是在单亲家庭长大的，中学时妈妈得打两份工来维持家用，所以她很小就要出来工作支撑家庭。她性格要强，读书时能考4个A，全港只有几百人能做到，她就是其中之一。凭着这股子劲，她终于从贫寒少女奋斗成了人人羡慕的大明星。

她拼命地维护着这份来之不易的尊严，不容许他人践踏。这个他人，通常指的是她交往的男人，因此对其他人的看法，她往往一笑了之，并不在意。她在意的，是男朋友们对她的态度，她要的男人，不仅有钱，还得爱她、尊重她、包容她。这和单纯的嫁个有钱人这个目标相比，难度系数至少得乘以三。

李嘉欣有没有降低过要求？没有。她守住了自己最后的底线，这条底线就是如果得不到想要的爱情，就宁愿一个人过下去。她在接受记者黄佟佟采访时说过："缘分的事不由你主宰，爱情对我来说确实好伟大，但伟大的也不是非它不可。我有一个底线：不接受不忠，我想要长久的关系，不用同人去比较。"

既想嫁豪门，又想要平等忠诚，这简直相当于天方夜谭。全世界都等着看李嘉欣的笑话，可等着等着，笑话没等来，反而等到了惊喜。

这个惊喜就是许晋亨。

许晋亨几乎满足了李嘉欣对一个男人的所有幻想，有钱有品，长得还不赖，最要紧的是性格温柔，懂得照顾人。她要高调，他就配合她秀恩爱，热恋时在大庭广众下激吻，结婚时更是策划了高达一亿的浪漫婚礼；她要忠心，他就爽快地和前妻何超琼离婚，疏远了其他的花花草草；她要包容，他就任她在《志云饭局》上大谈交往过的前男友们，丝毫不以为忤。

他和她遇上的时间也刚刚好，许晋亨年轻时也是个花花大少，情史不比李嘉欣少，交往过的明星就有刘嘉玲、陈法蓉等，娶回家的也是赌王之女，一代名媛。可他们都是聪明人，懂得不计较对方的过去。

阅人无数的花花公子范柳原（张爱玲《倾城之恋》的男主角）曾说过一句著名的话："如果你认识从前的我，一定会原谅现在的我。"这句话放在李嘉欣和许晋亨身上同样合适，到了人生这个阶段，她已经不大可能遇到一个完全没有过去的人了，即使有的话，她也不敢尝试，因为只有和她具有相似经历的人，才会真正地理解她。

他们并没有患上七年之痒，仍然恩爱如初，出现在人前时总是十指相扣，她真的嫁给了理想中的男人，过上了想要的生活。

作为豪门世家，许家居然也意外地对李嘉欣敞开了大门，要知道若干年前，刘嘉玲都和许晋亨订婚了，还是被许家父母挡在了门外。

这中间到底发生了什么？相传许家也曾顾虑过李嘉欣情史太复杂，可架不住许晋亨态度坚决。据说最后关头是李大美女抛出杀手锏，说"要么分手，要么结婚"，许晋亨受此一激，果断选择了结婚。他可能猜得到，李嘉欣这样做真的不是摆摆姿态而已，她完全有和他说分手的底气。

这底气不仅在于她闯荡娱乐圈数十年积累下的巨大财富，更在于她历经情劫百炼成钢的强大内心。她什么没见过，什么没拥有过，所以她并不害怕失去。

不纠结,不拖泥带水,有屡败屡战的勇气,更有及时止损的智慧。这样的女人,即使最终嫁不了有钱人, 她也能自己过得很好。有记者曾问她找男朋友的标准是否一定要是富商, 她霸气地回答说:"我就是富商!"

现在你还觉得她"美则美矣,毫无灵魂"吗?也许美女本身就不需要那么细腻的灵魂, 她们需要的是一个不易粉碎的灵魂。低估美女的灵魂,就像低估富人的智商一样,有时纯属群众的意淫。

关之琳：一个人照样过得精彩

自古美人如名将，不许人间见白头。

美女迟暮，比英雄末路有时还更叫人伤感。所以每当我看到网上取笑关之琳年老色衰的新闻时，心里总是有些恻然。

要知道，当年她可是货真价实一等一的美女。在娱乐圈，美女多得是，但美得像关之琳这样男女通杀、震古烁今的还真不多。别的美女或以气质胜，或以风情胜，只有她是结结实实的漂亮。那雪白精致的瓜子脸，配上那样激滟的大眼睛和樱桃小嘴，是放到哪个年代都不会过时的标准美女。

她是男人都爱的那种尤物，有种天生的妩媚，眼波盈盈一转，像是含着无限的情意，见惯美人的黄霑都说："这位活色生香的大美人眼睛会放电，她瞟一眼过来，十个男人有十一个会糊里糊涂自作多情起来。"和她一比，以美闻名的李嘉欣显得木讷了点儿，以风情闻名的钟楚红则显得笨拙了点儿，所以，只有她成了大家公认的"香港第一美女"。

连和她搭档的刘德华都招架不住她的美，每次有人问他心目中最漂亮的女明星是谁，他总是毫不犹豫地回答说"关之琳"。

关之琳从小就是个美人胚子，这全靠良好的遗传基因——她的父亲关山、母亲张冰茜都是老一辈的明星，俊男娶了美女，生出来的女儿自然更加青出于蓝。

可她的童年并不幸福，主要是父亲关山太花心了，常年在外拈花惹草，父母之间的争吵不断升级，最后以离婚告终。她十三岁那年，家里起了大火，身为长女的她只身冲进火场，救出了母亲和弟弟。而那时，父亲不知道正在哪儿寻欢作乐。

她对父亲的评价是"风流、不顾家、没尽到养家责任"，得不到父亲呵护的女孩子，不得不迅速成长起来。她十几岁就出来拍戏养家，父亲的不负责任，让她始终缺乏安全感，严重影响了她的感情生活。

越是缺乏父爱的女孩子，越倾向于找一个"溏心爹地"。"溏心爹地"是广东俚语，意思和"干爹"相近，但内涵更丰富，《喜宝》中的勖存姿就相当于喜宝的"溏心爹地"。

关之琳就是这样，她年轻时找的男人，基本都是比自己大一些，能够照顾到她的富豪，与其说她在找男朋友，不如说她在找父亲的代替品。

她十九岁的时候，结识了大她十六岁的富商王国旌，仅两三个月，她就决定嫁给他。关山极力反对，甚至以自杀相威胁，她不管不顾，还是闪电般结了婚。可没过几个月，就以更快的速度离了婚。

王国旌一结婚就在外面花天酒地，还恬不知耻地说："关之琳这样的美女，我在大街上一拉就一大把。"

关之琳也不示弱，无所谓地反击说："我连他（前夫）的样子也记不清了。"

那个时候她还是个说起话来底气十足的美女，美貌是她的通行证，足以让她在人生的战场上所向披靡。

不得不说，这个世界对待美女总是格外温柔。事业上，她不需要花太多脑子去琢磨演技，只需要打扮得美美的，往男主角身边一站就行；感情上，她连主动都不需要，自然有男人前赴后继地扑过来，她做客《康熙来了》时，曾骄傲地表示："我不需要追男人，都是他们追我。"

走了一个王国旌，还有千千万万个王国旌等着她呢，而且更有钱、更宠她，她有什么所谓？

那些年，她的名字总是和已婚富商纠缠在一起，最为大众所知的，当属马清伟和刘銮雄。

马清伟是香港六十年代五大富豪之一马锦灿的长子，妻子是《新白娘子传奇》中小青的扮演者陈美琪。当时陈美琪有孕在身，知道丈夫出轨的事后，被气得流产。相传她曾打电话向陈美琪示威，陈美琪说："真想不到，她平时斯斯文文的，骂起人来那么难听。"

和刘銮雄这一段，她表现得倒没那么咄咄逼人，原配宝咏琴提起她来赞不绝口，夸"关小姐真是个斯文人"，宝咏琴最恨的是横刀夺爱的李嘉欣李小姐。刘銮雄对关之琳出手很大方，不仅给她买豪宅，还一度将她和她的母亲列为公司董事。

因为插足他人家庭，关之琳被描述成为了钱什么都可以做的心机女。传闻她曾说过一句话："我做的一切，都是为了钱，包括第一次婚姻。"

后来澄清了这句话根本不是她说的，但可见公众对她的固有印象。她交往的男朋友大多有钱，于是大众就觉得她贪钱。其实她和那些有钱男友之间，难道就没有一点点真心吗？

公众揣测的所谓傍大款，在她看来是爱情关系，她说自己的每一段感情都很认真，当时都以为是最爱。

说白了，她只不过是比普通女人更加贪心了一点儿。对于普通女人来说，"爱"或"钱"有一样就好了，可她既要很多很多的钱，又要很多很多的爱。想要的东西太多，愿望常常落空是自然的，不被大众理解也是自然的。

这可以看出她和李嘉欣的不同。同样是想嫁个有钱人，李嘉欣是把这当成一盘生意，而她呢，却把这当成了认真地谈恋爱。她的身上，没有李嘉欣那种杀伐决断的气质，也没有李嘉欣那样强大的内心。李嘉欣是以找个合作伙伴的心态找男人，而她是抱着找爸的心态在找男人。

抛开道德上的考虑，李嘉欣有一套自成体系的价值观，任凭外人如何指指点点，从来不会轻易动摇。

关之琳的价值观却是游离的、摇摆不定的，比如她曾说过："我父母离异也是因为第三者出现，所以我从来不会做第三者。"话音刚落，她就奔向了一个个已婚富豪的怀抱。她的择偶观也不稳定，年轻时是爱富豪，年纪大了又成了小鲜肉爱好者。

上黄霑的访谈节目时，她坦白说，自己什么都试过，包括已婚的、有女朋友的男人都试过。黄霑问她为什么要这么做，她给的答案是"架不住感觉来了"，每次爱情的感觉一来，她把什么都抛在一旁，戏也不拍了，原则也不管了，只顾着全心全意享受恋爱。

如果感觉不在了怎么办？关大美人的选择是不爱了就丢开。她说过，年轻时很多男人都想和她一生一世，可她只要觉得没感觉了，就会果断离开对方。

她抛弃过很多不再有感觉的男人，也被不少对她不再有感觉的男人抛弃过。再美的人也经不住这样的折腾，等她想定下心来找个稳稳的归宿时，已经红颜将逝，同龄的美人要么嫁了，要么成影后了，只有她一个人还在江湖上漂着。

世界不再对她另眼相看，而是逐渐露出了狰狞的一面。她红颜老去的照片被传到网上，被人嘲笑。她和男模的恋爱，一些香港小报一次次地明嘲暗讽。

想想世人对女明星确实也是太苛刻了，和有钱的富豪交往，会被讽刺说"贪钱"，交个没什么钱的男朋友，又会被人笑是"倒贴"。好像怎么选择都是错，怎么做都会被骂，她也解释过几次，一点儿用都没有，反而越描越黑，干脆就不解释了。

四十五岁的时候她遇到了台湾富豪陈泰铭，陈不久后就离了婚，据说是为了她，两人不断传出婚讯，都被陈否认了。几年后，她搬出了陈家的豪宅，记者追问她分手原因，她突然说："不是分手，是离婚。"原来她和陈泰铭早已结婚，可陈怕女儿反对和公司股价下跌，一直没有对外公布。

一代大美人，居然落得要隐婚，最后还是维持不下去。她实在咽不下这样的委屈，非得说出来不可。

围观群众听了暗暗好笑，都已经离婚了，还说这个干什么。可见她真的是不复当年了，换做当年，头发甩甩，大步地走开，现在却揪住不放，说到底，无非是因为不甘心。

不甘心就这样离婚了，所以忍不住把矛头对准刘嘉玲，说刘和陈泰铭去爬山，没有考虑她的感受。

不甘心被大众遗忘，于是频频抛头露面，接受各种节目访谈，在节目中大谈自己从来不会主动做小三，只是架不住男人为她做了什么。

不甘心老去，于是打扮上就向少女靠拢，年轻时穿得那么得体的一个人，现在出席活动居然会穿一身粉嫩的少女装出来。

这个世界曾对她如此宠爱，让她如何能够甘心？可再不甘心又能如何？她不知道问题到底出在哪里，总结人生说自己"一生都被爱情拖累"。

果真如此吗？我们看到的是，谈了一辈子恋爱的张曼玉不但没有被爱情拖累，反而活得越来越自在；丈夫已逝的钟楚红也没有被爱情拖累，一个人照样过得精彩。

和她们相比，关之琳的问题在于她把爱情看得太重了，或者说，她把男人对自己的爱看得太重了。她行走江湖，倚仗的就是男人们对她的青睐，一旦没有了这个，她顿时方寸大乱。看在旁人眼中，难免觉得她有些失态了。

其实她大可不必。即使没有了很多很多的爱，她至少还有很多很多的钱。关美人并不笨，靠着男人们的馈赠和自己的经营，早已坐拥数亿身家。凭着这些家底，她下半辈子绝对不用发愁。

好在关美人也渐渐看得开了，她说过去在爱情上花费了太多精力，从今往后要学着享受一个人的生活。她还给自己列了个清单，叫此生想做的二十件事，其中包括了滑雪、打架子鼓、做设计师等。

这不挺好的嘛，爱情对于女人来说是很重要，可没有爱情也不见得就会干涸而死。至于变老这件事，再美的人也终将老去，希望关美人能接受这个事实，学会心平气和地老去。

关之琳给我们女人的启示是，可以追求爱情，但永远都别把幸福维系在他人的身上。

给男人的启示则是，一定要好好爱你的女儿，别让她一生情路坎坷。

钟楚红：他给我的，已足够我一生受用

曾经有人问韩寒：你最喜欢的香港女星是哪一位？

他的答案是"钟楚红"。

想必他并不是一个人，因为"钟楚红"三个字，曾照亮了无数少男的青春期，成为他们录像厅时代的女神。

很多奔三奔四的男人一提起她来，至今仍会流口水："哇，钟楚红啊，真是……性感。"

性感成了她的标签，可只要略微一回顾她拍过的影片，就会发现她裸露的尺度并不大，很多片子里都包裹得严严实实，可偏偏一举手一投足间，都让人觉得无比魅惑。

有人称她为"香港的玛丽莲·梦露"，其实她和梦露不同，梦露是西方式明晃晃的性感，而她的性感则是纯东方的，用风情来形容更为贴切。风情这个词像是为她量身定做的，很多人感慨，看了她演的红豆妹妹，才知道什么叫作风情万种。

书上说得好，张恨水的理想可以代表一般男人的理想。他喜欢一个女人清清爽爽穿件蓝布罩衫，于罩衫下微微露出红绸旗袍，天真老实之中带点诱惑性。钟楚红在电影里展露的风情，就是那微微露出的一角红绸旗袍吧，让人想掀开她的蓝布衫一探究竟。

风情是一种骨子里溢出来的性感，它最大的魅力恰恰在于恰到好处。性感是外露的、直接的、火辣辣的，风情则是内敛的、间接的、含而不露的。走性感路线的女星容易过火，一不小心就会沦为"肉弹"，而钟楚红聪明就聪明在从不过火。

在我熟悉的香港女星中，从来没有一个人像她这样将分寸感拿捏得如此之好。

穿衣服，她很有分寸感，她爱穿露肩装，用来展示线条优美的肩膀，可衣服的领口总是开得刚刚好，顶多只能隐约见到胸前一抹雪白。演戏时偶像也穿泳装，大多是保守的一件头式，"走光"这样的事怎么也不会发生在她身上，她的性感是纯净的、明朗的，带有香港黄金时代的盛世风度，没有一丝风尘气息。

对朋友，她很有分寸感。圈中流行一句话，"没有人会不喜欢钟楚红"，朋友们都亲昵地叫她"钟记"，让人想起"老友记"，可见她的亲和力。林奕华写初次见她时，她走过来跟相识已久的朋友们逐个拥抱，并吻他们的面颊，因为和林是初相识，她笑着说："再熟一点才亲你。"那一刻，他才明白，为什么大家都这么喜欢她。

做演员，她同样有分寸感。

她自认不是那种有野心的女演员，演戏对于她来说只是一份工作，不至于为出名拼得头破血流、穷形尽相，做演员的时候很敬业，退出了也并不留恋。

她是选美出身，19 岁参选香港小姐，因不会穿高跟鞋而只得第四名，可慧眼识珠的娱乐圈一下记住了她的美貌，连同她的质朴真实。

有制片人邀请她去拍片，《秋天的童话》《纵横四海》《胡越的故事》一部部片子叫好又叫座，奠定了她在影坛的地位。八十年代的香港娱乐圈，可以说是她的天下，至今香港人还爱说"再红红不过钟楚红，再发发不过周润发"。

最红的时候，连和她同一个经纪人的张曼玉都抱怨说，有什么好的角色，经纪人都先让钟楚红挑，钟不要的角色才轮得到她。其实别怪经纪人偏心，那个时候的钟楚红，论演技论颜值确实辗压过张曼玉，他们合演了一部《流金岁月》，钟演的朱锁锁艳光四射，张演的蒋南荪却嫌青涩了一点。

在她之前，娱乐圈充斥的不是苍白乏味的"玉女"，就是肉欲横流的"欲女"，唯有她一出道就以成熟美艳的形象刷新了港人的审美，她成熟得刚刚好，也美艳得刚刚好，香港人都叫她"红姑"，这说明什么？说明她是他们心目中最女人的女人。

红成这样，她并没有冲昏了头脑。多少人留恋娱乐圈的浮华，她却选择在最高峰时急流勇退。享受过众星捧月待遇的人，很难接受得了热闹过后的寂寞，所以有些人隐退过后又忍不住复出，不是为了挣钱，而是为了寻找存在感。

钟楚红不同，她退出影坛后，多少人捧着剧本和银子求她复出，她丝毫不为所动，她说自己不是那种水银灯下才能找到满足感的人，她深知做演员风光背后藏着的辛酸，年轻时一年要拍十几部戏，吊威亚吊得浑身是伤，永远觉得觉不够睡。那样的日子有过就好，她不想再重来。

再说复出干什么呢？在最红的时候退隐，恰恰让人记住了她最美的样子。

通透如她，一定早就看透了其中的玄机。

做人，她更是懂得拿捏分寸感。

以性感闻名的她，在圈中是以"洁身自好"闻名的。

她有一项本事，可以把每个和她拍过戏的男星都变成老友。她和发哥，当年凭一部《秋天的童话》成为人们心目中的最佳银幕 CP，却没有人传他们的绯闻，因为大家都知道，她不会和拍戏的搭档假戏真做。

追求她的男人从巨星到富商都有，多少公子哥儿送名贵礼物到片场，只为了请她吃一顿饭，相传林子祥曾出手送她一套美国别墅，她丝毫不为所动。

最后选择的男人叫朱家鼎，从选男人的眼光中，可以看到她的独到之处。同期的女明星们，要么嫁富豪，如林青霞，要么爱才子，如周慧敏，惟独她，选择的是一个"宜室宜家"的男人。男人中也有"宜室宜家"的，他不一定特别有钱，也不一定特别有才，却一定有着和你白头偕老的决心。

朱家鼎在一众追求她的男人中，哪方面都不算出众，可每方面加起来，也足够打个八十分，身家清白，薄有才华，相貌周正，性情温和，最关键是待她好。她选择他，看中的不是他的潜力，而是他的人品。当时大把实力股待她挑选，她没必要冒险去选只不一定升值的潜力股。

他们婚后的生活证明了她的眼光，朱家鼎的广告公司生意蒸蒸日上，却没有沾上一丝一毫有钱男人的坏毛病，他依然待她如珠如宝，从来没有过任何绯闻，他们没有孩子，他就把她当成自己的孩子来疼爱。他们是最恩爱的伴侣，也是彼此最好的朋友，常常一起游山玩水，有人评价说："香港十对明星夫妻中，八对离婚，一对因习惯懒得离婚，唯一一对恩爱夫妻，就是红姑和朱家鼎。"

都说她"旺夫"，甚至有相士说她的长相是经典的"旺夫相"。什么样的女人才会旺夫呢？并不是说要长得有多美，而是要像她这样，嫁给一个人后，就会无条件地信任他、看好他，处处懂得宽容迁就。她本来不懂厨艺，嫁给他后却用心学习，自称能弄出一桌满汉全席来。她爱养鹦鹉，因为他爱安静，就将养的鹦鹉送了人。娶了一个这样的女人回家，男人自然会激发起无穷斗志，想不旺都难。

他们在一起生活了二十年，后来朱家鼎不幸因病去世，她在追思会上写了一封信给他，信中说："你知道吗？你给了我人生最精彩的 20 年，让我认识到人生的真善美，最宝贵的是我曾经拥有你，直到永远。"

他写的广告词中，最有名的是那句"不在乎天长地久，只在乎曾经拥有。"事实上，只要曾经拥有的爱情足够美好，足够刻骨铭心，这份爱就不会因为一方的离去而消逝，而会永存于另一方的生命中，这何尝不是另一种形式的天长地久。

重新出现在大众视野的她，有一种不争不抢的笃定，也有一份不慌不忙的从容，这来源于她内心的底气。他的爱（也包括他留下来的钱）成了她的底气，让她有勇气孤身一人去面对这个世界，她曾对采访她的记者说并不期待新恋情，因为"他给我的，已足够我一生受用"。

如今的钟楚红，过的完全是闲云野鹤般的日子，种种花，养养草，做做瑜伽，周末约朋友爬爬山，偶尔在微博上晒个近照，眼角有了褶子，也不妨碍她依旧笑靥如花。她是真的享受现在这种平凡人的生活。

作为一个女明星，能有这样的收梢，真的算得上不错了。亦舒有句话说"做人最要紧姿态好看"，我觉得明星中做人姿态最好看的，当属钟楚红。

首先她愿意为自己的选择付出代价，当明星时，就老老实实咽下演戏的辛苦，嫁了人后，就心甘情愿过起洗手做羹汤的生活；其次她很清醒，懂得见好就收，不穿不适合自己的衣服，也不赶不适合自己的潮流，更不会做不符合身份的事。

姿态好看说起来容易，又有几人能够做到？毕竟，一时的体面算不了什么，难得的是得体一生。

张敏：江山代有美人出

事隔多年，张敏最近居然又上热搜了。缘于她在微博上发了一首"情诗"，诗里说："这一世，荣华有你，落寞与你。"并配上了周慧敏与自己年轻时的照片。这条疑似向周慧敏表白的微博瞬间转发破万条，网友们纷纷留言祝福两位女神。

这阵仗估计吓倒了我们的敏敏郡主，当晚就澄清说只是好姐妹之间的真挚祝福，并非人们想象中的出柜。

到底是乌龙，还是炒作？实情不得而知，但昔日女神居然得以这种方式才能再次赢得公众关注，倒是真令人有点啼笑皆非。

张敏当年红到什么程度？

可以参照现在的景甜。不不不，应该说比景甜还要红得多。毕竟，她生逢香港电影的黄金时代，借势而上，大有"好风凭借力，送我上青云"的势头。

十八岁的时候，张敏上街发传单，被永盛公司的老板娘向太陈岚（没错，就是怼完柏芝怼星爷的向太）一眼看中，赶紧拉回自己公司当艺人。

张敏的星途顺利得难以想象，占有的影视资源足以令林青霞、王祖贤这样的大牌女星眼红。她一出道就是演女主角，搭档的是当时风头正健的天王刘德华。第二部戏是和钟楚红合演的《火舞风云》，钟楚红说是女主角，其实戏份还没张敏多，据说红姑因此还颇有微词。

这之后，一部《赌圣》奠定了周星驰票房之王的江湖地位，也让张敏大红大紫。她在戏里扮演的绮梦，一袭黑裙，玲珑浮凸，配上经典的烈焰红唇，令男人一见就流鼻血，大有取代红姑成为"新一代香港性感女神"的趋势。

最红的时候，她一年就拍了十几部戏，从影八年拍了七十多部电影，搭档全是清一色的一线男星，周润发、刘德华、周星驰、李连杰都和她演过对手戏。

她是最美的"星女郎"，也是和周星驰合作最多的女星，两人合拍了十三部电影。阅美女无数的星爷提起她来，也是一副流鼻血的样子，说在和他合作的众多女星里，只有张敏是货真价实的靓。

张敏的美辨识度很高，属于那种美得让人过目不忘的美人，她特别适合浓妆，妆化得越浓，她就越发显得鲜艳欲滴，当真是艳若桃李。属于她的标配是卷发、红唇和粗眉，别的美女这样装扮未免显得太俗，放在她身上却只觉得光彩照人。九十年代香港评选"四大尤物"，她排名第二，其他三位分别是叶玉卿、利智和关之琳。

她最经典的角色当然是电影《倚天屠龙记》中的赵敏，只有她能演出敏敏郡主那种英气勃勃的美。和张无忌告别时马背上一个回眸，惊艳的不仅仅是张大教主，还包括我们千千万万的普罗大众。

很多年以后，网友们细数电影中的六大最美瞬间，分别是张敏回眸、朱茵眨眼、青霞喝酒、祖贤穿衣、淑贞咬牌以及哥哥张国荣转身挥手。

张敏为何可以占有这么好的资源？

这离不开背后给她撑腰的那个男人。他就是向华胜，永盛公司的老板之一，向华强的弟弟。

江湖传说张敏是向华胜最爱的女人，和他在一起长达十年之久，虽然当事人双方都从来没有正面承认过。向华胜是香港"新义安"的首脑人物，"新义安"大概就相当于以前的"上海青帮"吧，所以你可以把向华胜想象成杜月笙。

能够在道上混得开的，大多讲究"情义"两个字。向华胜就称得上重情重义，他对张敏是很好的，让她拍最出风头的戏，花几千万买楼给她，将她捧成了香港当时最卖座的女明星之一。

他对她的好，还体现在无微不至的保护上。那些年里，张敏是真正的零绯闻、零负面，从不拍摄性感照片，连媒体的采访都不用接受。对比一下，后来人称"嘉玲姐"的刘嘉玲曾被迫拍摄裸照，从台湾过来的林青霞也屡遭黑社会威胁，这样一比才知道当时张敏的处境有多优越。

在香港电影里，有一种女演员被叫作"花瓶"，专演胸大无脑的女性角色。实际上张敏走的也是花瓶路线，只不过她将花瓶角色推到了一个新的高度，堪称同期的"花瓶之王"。

"花瓶"女星并不少，关之琳、李嘉欣在戏里同样是没什么存在感的花瓶，可在戏外，她们可是一个比一个精明，以她们的头脑，不算计男人就算好了，根本不用担心被男人算计。

张敏给人的感觉则是，戏里戏外，她都安于扮演一个花瓶。她说自己是个很简单的人，对朋友很仗义，没有那么多弯弯绕绕的心思。更重要的是，她那时也不需要有那么多弯弯绕绕的心思，宠她的男人早把一切都替她打点好了。她只需要被养在温室里，做一个美美的花瓶，来装点男人的英雄梦就可以了。

那时候她还太年轻，不知道做花瓶是有期限的，男人对一个女人的宠也是有期限的。向华胜宠了她十来年，后来还和原配离了婚，再娶的女人却不是她，而是一个叫张玉珊的三线女星。

据说分手时，向华胜给了她巨额的分手费，分手后也时常和她联络。在朋友萧若元的眼里，向华胜天生就是个慷慨多情的人："他（向华胜）真是一个多情的人，我没见过一个人对女人这么好，有一次我过去对剧本，有个女人日日来喝汤，我问他怎么回事，原来是他初恋情人，所有前女友、前妻他都照顾。"

可以说向华胜是对她最好的男人了，所以尽管分了手，张敏对他毫无怨恨，反而在向华胜生病时去西藏为他祈福。向华胜因病去世后，她也对记者说："他一定会去西方极乐世界。"

她这么感激他，可能是因为他把她照顾得太好了。这种好其实有点儿害了她，这么多年来，她一直生活在一个真空的环境里，感受不到娱乐圈的勾心斗角，舒服是挺舒服的，但心智得不到任何成长。

失去了依傍的她，只得咬咬牙一个人活下去。香港没人可以帮忙了，她就到内地来拍戏，可惜再也拿不到那么好的资源，拍了几部戏之后连个水花都没有，只得早早宣布息影了。这之后的人生，就是一路 Flop。

凭着那笔巨额分手费，原本她可以体体面面活到老。偏偏她还要转战商场，一口气开了连锁美容店、时装店，又炒楼、炒股，可幸运没有再次光临，她涉足的生意无不一败涂地，又被所谓的朋友骗去一千万，甚至差点儿被人骗去搞传销。心思过于单纯的人，本来就不适合闯荡商场。

她也谈过恋爱，可再也没有一个男人像向华胜那样对她好。

灰了心的她索性和相识多年的经纪人走在了一起，正当人们祝福昔日女神修成正果时，又传来了她恋上小鲜肉导演的消息。某年过年的时候，她还在微博上晒出了和小导演的合影，大大方方地秀了一次恩爱。

她的钱来得容易，去得更容易，半生积累的资产大多打了水漂，只得一次次高调宣布复出。做为同样活跃在大众视野中的老牌女星，关之琳、林青霞只不过是玩票，姿态自然轻松，她却是实打实地搏命，没办法，得挣钱啊。

以前她演最卖座的戏，搭档最红的男明星，现在却只能自掏腰包，演一些压根没有任何反响的戏。以前她以高冷闻名，现在却不得不频频在微博上和群众互动，走亲和路线。早些年没有吃过的苦，现在得加倍地吃。还是倪永孝那句台词总结得好：出来混，迟早得还。

关于她的新闻，炒来炒去无非是什么"不老女神"。其实哪有真正的不老女神呢，岁月在任何人的脸上都会留下痕迹。

江山代有美人出，各领风骚三五年。江湖还是那个江湖，而她早已不是当年的那个她了。

红颜弹指老，刹那芳华。她曾经是多少少男的梦中情人啊，梦中情人是用来供奉的，一旦真的放下身段走近人群，倒反而令人有些神伤了。

看着她成为某某微商的代言人，看着她拍摄的尺度越来越大的照片，看着她在微博上极力和粉丝拉近距离，既让人佩服她挣扎着活下去的勇气，又让人感慨命运是如此的变幻无常。

　　好在单纯也有单纯的好处，对于近些年里的不顺，张敏倒真是安之若素，荣华也好，落寞也好，出现在人前时，她仍然是一脸淡淡的微笑，并没有失态过。干这一行，运气的成份其实也很大，红不红，有时候真的看命，人生的境遇是无法控制的，不过，有了随遇而安的心态，再难走的路，应该也能一直走下去吧。

年轻，与其说是一段年龄，

不如说是一种状态。

第三章

生活给我什么，我都收下

蔡琴：爱到深处无怨尤

　　那是一个炎热的夏日傍晚，没有一丝风。一个相交多年的朋友叫我出去，可见面之后，她一句话也不肯说，只是开着车一圈一圈地在街上转。

　　我们都没说话，车厢里只有音乐在静静流淌，那是蔡琴的歌声，醇厚得像一坛老酒，令听歌的人为之迷醉，只听她幽幽地唱："今夜还吹着风，想起你好温柔，有你的日子分外地轻松。也不是无影踪，只是想你太浓，怎么会无时无刻把你梦……"

　　忽然间，一个急刹车，朋友把车停了下来，流着泪对我说："你知道吗？我老公好久没碰我了，他一定是外面有女人了。"她趴在方向盘上，哭得肝肠寸断。

　　我搂着她的肩膀，想要说些安慰的话却不知道如何说出口。蔡琴的歌声还在轻轻回荡着，伴随着她的哭泣声，那一瞬间，我蓦地明白了，为何她如此喜欢蔡琴，无论何时坐她的车，车里总是在放蔡琴的歌，一向节俭的她还特意跑到广州去听蔡琴的演唱会。并不仅仅是因为蔡琴的声音好听，而是因为唱歌的

人和听歌的人都有过同样的伤心往事。

对于蔡琴,男人和女人的态度可以说是截然不同。女人们大多同情她的遭遇,欣赏她不计前嫌的风度,男人们呢,尽管他们也听她的歌,却很少有人对她有着发自内心的怜惜。我有个以毒舌闻名的男性朋友这样评价过蔡琴:"她面相太苦,气质太硬朗,无法激发男人的保护欲。"

从男人的角度来看,世界上的女人分为两种:一种让他们见了就想亲近,另一种却让他们敬而远之。蔡琴无疑是后一种,她不是那种讨男人喜欢的类型,脸上一颗硕大的泪痣,显得有点儿苦相。她的性格也一点儿都不小鸟依人,这和她的出身有关。她父亲是船员,常年漂泊在外,在家中排行老大的她从小扮演的就是长姐如母的角色,年纪轻轻就担起了养家糊口的责任,是名副其实的"大姐大",形成了稳重、顾家、四平八稳的个性。

她天生有副好嗓子,属于老天爷赏饭吃那种,嗓子好得天响地动,所以几乎没走什么弯路,凭着民谣风比赛出道,一开口就惊艳了台湾歌坛。两年后推出专辑《你的眼神》,从此扬名立万。她的歌声比丝还要细腻,比绒还要光滑,因此获得了"丝绒歌后"的美名。

杨德昌一开始就是被她的声音迷住的。那时候他是新晋导演,筹拍一部叫《青梅竹马》的电影。好朋友侯孝贤推荐了蔡琴。彼时她年纪虽轻,却已是风靡台湾的歌后。杨德昌特意去录音室找她,她正在里面录歌,他侧耳聆听了片刻,伏下身去埋首于双掌,半天才抬起头对陪他一起去的侯孝贤说:"好性感啊……"当场对蔡琴发出了出演《青梅竹马》的邀请,她也愉快地接受了。

拥有一把性感歌喉的蔡琴很快征服了杨德昌的心，他那时独自从国外返回台湾拍戏，和妻子聚少离多，婚姻逐渐走向破裂，正需要新鲜爱情的滋养。蔡琴风华正茂，青春洋溢，又温柔懂事，及时地给予了他安慰，最关键的是她崇拜他，真真切切地爱慕他的才华。一个歌后级的人物，居然对一个尚名不见经传的导演如此崇拜，他当然十分受用。至于他到底爱不爱她，如果爱的话，这爱又有几分，恐怕连他自己也不太清楚。

两人越走越近，电影尚未拍完，已经传出了交往的绯闻。恋爱中的女人都是敏感的，蔡琴明显地察觉出了杨德昌的犹疑，她选择向他发出最后通牒：如果还不能给她明确定位的话，那她就要走掉了。

这其实就是逼婚。我总觉得，不到万不得已，一个女人最好不要动用"逼婚"这招，这样即使男人一时迫于无奈答应了，也难保日后不反悔。

蔡琴把话都摊开了说之后，杨德昌响应她的，是电话里一声长长的叹息和一句模棱两可的回应："你叫我怎么说呢？"

这场角力最终以蔡琴胜利告终，好友袁琼琼陪她来到杨德昌家里，看着他将她圈进手弯，一起走进那道朱漆大门。

然后，蔡琴如愿以偿地嫁给了杨德昌。她以为从此开启了自己的幸福生活，却不知道，他给她的寂寞，将远远多过甜蜜。

她不是没有看到他的犹豫，也不是不了解他性格中冷酷的一面，她曾对朱天文说过："孝贤比杨德昌温柔。杨是细致，可是很冷，像他的电影——冷致。"可即便如此，还是挡不住她要嫁给他、要和他一起生活的决心，只有很爱很爱一个人时，才会甘心学飞蛾扑火，去冒这样的险。

结了婚的杨德昌依然"很冷"，新婚伊始，他就对她说："我们应该保持柏拉图式的交流，不让这份感情掺入任何杂质，不能受到任何的亵渎和束缚。因为我们的事业都有待发展，要共同把精力放到工作中去。"据说，蔡琴听了后欣然答应了，她真的是无条件地信任他，才会同意这样荒唐的协议。

两个人的情爱关系中，身体是最诚实的，嘴里说出来的话也许会言不由衷，只有身体却从不撒谎。电影《他其实没那么喜欢你》中有一段经典台词："我是个男人，如果我喜欢你，我就会吻你，会想看见你不穿内衣的样子。"对于男人来说，性和爱是密不可分的，男人对女人的爱总是始于身体，所以姑娘们，当一个男人对你说出"让我们保持柏拉图式的交流"时，你最好让他有多远滚多远。

十年的无性婚姻里，他一直有绯闻，她一直选择不相信。她努力让自己成为他的好妻子，在他拍的电影里乐此不疲地演着各类小角色，为他的电影唱主题曲、担任美工，甚至拉赞助，在他没电影拍的时候，她就到处接活，不惜自降身价到餐厅去唱歌来养家。

结婚没多久，蔡琴推出了专辑《痴痴地等》。她在等什么？等冰山融化？等浪子回头？可惜的是，她终究什么也没有等到，一片痴心全都付了流水。

最终，她等来的是一句"对不起"。他坦白自己有了外遇，爱上了年轻貌美的钢琴家彭铠立。这个消息让她万箭穿心，即使多年以后，她还是没办法在舞台上完整地唱完一首《点亮霓虹灯》，因为那首歌总是让她想起，当夜幕降临时，她站在窗前，看着一盏盏霓虹灯亮起，却不知道自己的丈夫何时能够回家。她对着万家灯火落泪时，他却正和另一个女人在缠绵。

绝望之后，她选择放他走。他火速地再次结婚了，和后任一口气生了两个孩子，还称与彭铠立在一起的时光，是他"生命中最快乐的几年"。

这真是莫大的讽刺。他坚持和她"保持柏拉图式的交流"，转身却和别的女人激情洋溢地生了两个孩子。她这才明白，原来看上去很冷的他也有热情的一面，只是他的热情因人而异，给予她的，除了冷漠，还是冷漠。

回顾他们的婚姻，他只有八字评语："十年感情，一片空白。"他对她，真是冷酷到了骨子里，从这句话里，看不到一丝一毫的温度。

她忍不住回应说："我不觉得是一片空白，我有全部的付出。"

从头到尾，都是她一个人在付出，这段感情，完全是她一个人的独角戏。如今戏落幕了，伤心也是她一个人的事。

她一度沉浸在痛苦中难以自拔，还因长期抑郁患上了乳腺疾病，幸好肿瘤是良性的。但她骨子里仍然是坚强的，很快从伤痛中恢复过来，为自己安排了密集的演出。那些破碎过的东西，沉淀在她的歌里，让她的歌声更能够触及人的灵魂深处，抚慰了无数为情所伤的女人。

她表示自己再也不会结婚了，在一次演唱会上，她对爱自己的歌迷说，以后就嫁给舞台了。有人讽刺她到处开演唱会一心只想赚钱，这未免太过苛刻了，一个女人靠自己的歌喉挣钱，一点儿都不可耻，反而让人尊敬。

很多女人都为蔡琴抱不平，她们想不通，为什么好女人总是被辜负。蔡琴是个好女人吗？当然是。她就是那种最传统、最顾家的好女人，朱天文说她"喜欢普通女人该有的婚姻家庭肉体的生活"，结婚后，她的确也尽了最大努力去照顾家庭、关心丈夫。

可有时候不得不承认，好女人未必一定是富有魅力的女人。蔡琴自己也说过，她把所有的聪明、活泼、调皮、可爱都展现在了舞台上，生活中她是一个性格平淡的女人。如果她嫁了一个追求安稳的普通男人，也许会过上平凡的幸福生活，可惜的是，她嫁的是杨德昌，他是个充满艺术家气质的男人，贤妻良母并不是他心目中的理想妻子。

他们的婚姻谁是谁非一直是人们热议的话题，蔡琴的歌迷们指责杨德昌无情无义，喜欢杨德昌电影的粉丝则暗讽蔡琴太过世俗，不算是杨德昌的灵魂伴侣。

她的确不是他中意的那杯茶，可那又如何，并不代表她不好，只不过他不懂得欣赏她的好。如果不是错爱了他，也许她原本可以找到一个相爱的人，发自内心地爱慕她的大气和坚强。

只可惜人生没有如果，倘若再来一次，她可能还是会选择勇敢地奔向他，因为她是如此爱她，爱得无怨无悔。

他把她伤得那么深，她却在听闻他的死讯后，在家中痛哭了一夜，就在这个晚上，她发现自己还是深深地爱着他。她写了篇文章悼念他，在文中，她不无辛酸地表示："作为一个女人，他给我的寂寞多过甜蜜。"同时又说，"我感谢主在他生命结束前，是与他的最爱在一起……早知道他生命这么短暂，我愿意早点儿跟他离婚，放他好好享受他的生命。"她是这样清醒，清醒得令人心疼，又是如此大度，大度得让人敬重。

多年以后，当她的好友归亚蕾在《见字如面》的节目上念起这封放手信时，念信的人和听信的人都被深深地打动了。这一刻，我相信：他们一定曾经深爱过，至少，她是百分百地爱他，爱到深处无怨尤。

叶倩文：八块钱的头纱也很甜蜜

贾樟柯的《山河故人》上映时，我特意去了电影院观看。正是下午场，偌大的厅内疏疏落落只坐了三五个人。片子一开始，安静的电影院忽然响起了一阵似曾相识的歌声，配上贾樟柯电影特有的怀旧情调，仿佛一下子把人带到了三十世纪九十年代。

那一把幽幽的女声，伴随着主人公每个人生阶段的不同状态，隐隐唱出孤寂、乡愁与沧桑，是如此的熟悉，等到在片尾第三次响起时，我终于想起了歌手的名字——叶倩文。

回家一查，果然是叶倩文的《珍重》，一首远远不算热门的老粤语歌。可贾樟柯说，这些年里，这首歌一直在他的生命里，难以忘记。叶倩文是他最喜欢的女歌手，有人问他，你为什么会那么喜欢老歌，那么喜欢叶倩文。他想了想说，肯定不是因为旋律的问题，因为新歌中也有那么多旋律动听的歌，而是因为八九十年代的老粤语歌里，充满了古风，不单有情，而且有义，这些关于情义的表达，成了他忘不掉那些歌的根本原因。

叶倩文流传得最广的歌当然是那首《潇洒走一回》，就算你不记得她了，也一定曾跟着电视哼唱过两句"红尘呀滚滚，痴痴呀情深，聚散终有时"。可对于喜欢她的歌迷来说，真正欣赏的是她唱过的那些粤语歌。

在二十世纪八九十年代，每个小镇青年的青春里都有一首叶倩文，她的歌和周润发的风衣、吴宇森的白鸽，以及散发着复杂气味的录像厅，成了这代人的成长背景。

叶倩文的歌声里，有种特殊的江湖气息，她把江湖上的红尘往事一字一句唱进了她的歌里。那样深情，那样荡气回肠，只有她才能唱出《焚心以火》那般炽烈的情歌来。不喜欢她的人嫌她俗，没错，她的歌是略有些风尘味，可那也是饱含着情意的风尘味呀。

我是后来才知道，原来以粤语歌传世的叶倩文，是一个正宗的"鬼妹"①。她从小在加拿大长大，说一口流利英语，不会写汉字，自然也不会说粤语。

成长于国外的她心思单纯、明快，想做什么就去做，没有传统的中国女孩那么多顾忌。她自小就爱唱歌，六岁时就会跟着录音机整天唱个不停。十九岁那年她抱着歌手梦在台湾出道，二十一岁就出了张国语唱片《答应我》，但没什么反响，直到签约华纳进军香港歌坛后才大红。

业内人士一致认为叶倩文的先天条件并不好，声音略显单薄，容易唱破音，她也自嘲过"唱了十几年还是会走音"。刚去香港时，她连粤语都不会说，常需要借拼音来译粤语发音，即便是这样，也没有挡住她想去香港发展的决心。

她身上有种难得的憨直，有点像她在徐克电影《刀马旦》中扮演的白妞，样子憨憨的，没什么心计，但是很真诚。在那么多工于心计的美女里，叶倩文

---

① 指作风很西式、外国化的女孩。

这样的憨妮儿在圈内实在太稀有了。这份真诚在虚伪成风的娱乐圈特别难得，也为她赢得了不少贵人的相助。

鬼才黄霑就特别喜欢她，多次说她是自己最疼爱的歌手，"因为她的歌里有一种罕见的真"。《焚火以火》《黎明不要来》都是霑叔为她写的歌，"焚身以火，让火烧了我，燃烧我心，颂唱真爱劲歌"，这样把一颗心剖出来要给你看的赤诚，确实只有叶倩文能唱出此中真味。

导演徐克更是偏爱她，请她来拍戏，为她量身定做角色，甚至和她传出了绯闻，相传曾为了她和太太施南生秘密离婚。当然，后来他和施南生又复合了，其中真假只有当事人才知道。

最重要的贵人当然还是林子祥。在加拿大长大的叶倩文，对于粤语歌的启蒙就来自林子祥、徐小凤。这个留着两撇小胡子的男人当年可是碾压四大天王的一代歌神，唱起歌来可以豪气干云，也能柔情似水。曾有人问叶倩文她的偶像是谁，她笑着回答："我想我嫁给了自己的偶像，胡子伯伯（林子祥）就是我的偶像。"她是真的崇拜他。

两人的相识缘于林子祥找她合唱一首歌，叶倩文这才发现，原来她是听着这个"胡子伯伯"的歌长大的。

叶倩文初到华纳，连粤语都不会说，公司就安排林子祥做她的师父教她粤语，同时也做她的音乐老师。可以说林子祥就是她在音乐上的领路人，他为她量身打造了一首《零时十分》，入选了当年的十大劲歌金曲，让她成了出第一张粤语专辑就荣获该奖的女歌手，这个纪录直到十年后才被黎瑞恩打破。

再之后，就是风靡一时的《选择》。风华正茂的叶倩文和老师林子祥在

MV 中俨然是一对情侣，相依相偎，携手同行。这个时候，谁都看得出来，他们之间的关系，绝对不只是老师和学生那样简单。

唱过《潇洒走一回》的叶倩文，在感情上确实也是个敢爱敢恨、拿得起放得下的姑娘。在台湾时，她曾和大帅哥费翔谈过恋爱，他们一个成长于国外，一个是中美混血儿，生活背景相似，外形也都高挑靓丽，在旁人看来很登对。可费翔妈妈认为儿子太早谈恋爱有碍前程，叶倩文回忆说："那时候只要他跟我出去，他妈妈就很不满意，那我想，没关系，不喜欢就不要喜欢了，后来我也去了别的地方拍戏。"

都说女人的天性是纠结，只有她是真洒脱，和费翔的感情结束就结束了，没有半点儿拖泥带水。后来喜欢上林子祥，哪怕他比她大十四岁，哪怕他已经结婚十五年了，她仍然不管不顾地陷了进去。

1992 年，正是她最红的时候，专辑《祝福》狂销三十五万张，在当年的劲歌金曲晚会上，她一身大红露肩晚装，在林忆莲和王菲羡慕的眼光中，意气风发地上台去领奖。那一晚她是真正的歌后，拿了一堆奖，兴奋之余，忍不住捧着奖杯，当着几百万观众的面，对台下的林子祥隔空喊话："外界都传我和阿Lam①拍拖。无论如何，我都是这样爱你！"

林子祥听了后勇敢地走上舞台，和她深情对唱《选择》，"你选择了我，我选择了你，这是我们的选择……"如此高调，连见惯世面的主持人在一旁听得都有点儿坐不住了。

整个香港顿时为之哗然，"出轨"这样的事在娱乐圈并不少见，如果当事者保持低调，围观群众也会比较宽容，像王晶和邱淑贞就不仅没受指责，还成了城中佳话。可一旦事情闹到了台面上，当事者就难免会成为众矢之的。

---

① 指林子祥（George Lam）。

　　叶倩文高调示爱之后，事业上大受冲击，虽不说一落千丈，但人气确实有所下滑。她可不管这些，照样和林子祥人前人后都双进双出。渐渐地，这份感情也得到了大家的认可，人们的说法是林子祥的前妻吴正元对他太凶，出轨似可原谅。

　　谁是谁非除了他们之外，其他人都没有过多指责的权利。总之最后的结果就是，过了几年林子祥终于和吴正元离婚了，几乎净身出户。

　　翌年，他们在温哥华的一家高尔夫球会注册结婚，没有邀请任何朋友去观礼。叶倩文在一家婚纱店以半价八千元买了一条简单的米白色长裙，新娘头纱才花了八块钱，结婚戴的钻戒也不到一克拉。

　　这点足以看出她的大气和不拘小节，很多女孩总是对婚礼上的细节吹毛求疵，可叶倩文披着八块钱的头纱就把自己嫁了，婚后的甜蜜并不比那些举行天价婚礼的女星少。

　　结婚之后，他们双双淡出歌坛退隐加拿大。

　　在大红时隐退，会不会感到遗憾？叶倩文却说，从来没有觉得自己很红过，有人听自己的歌，那是好运，很感激有这份好运。一个不把自己当天后的人，淡出了可能也并不觉得寂寞，她照旧唱她的歌，只是听众少了些而已。

　　婚后，也曾传出叶倩文爱上羽毛球教练的小道消息。是真是假谁也不知道，我们看到的是，他们还在一起。既然还在一起，肯定有离不开对方的理由。叶倩文自己也说过，他们的婚姻是有过起伏，但还远远没有到说分手那一步。如果真的爱已燃尽了，按照她快意恩仇的性格，不大可能委屈自己。

　　他们再出现在公众视野时，是在《我是歌手》的舞台上。真没想到，他们消失了这么多年，等到再战江湖的时候依然宝刀未老，身形依然挺拔，飙高音

依然毫不费力，用专业和歌喉再一次征服了大众的心。从那以后，他们就成了很多人心目中的歌坛"神雕侠侣"，即便他们不在江湖了，江湖上依然有关于他们的传说。

做歌手做到这种地步，也算是不枉此生了吧。绯闻永远都是过眼烟云，实力才是叶倩文行走江湖的王牌。后来的歌手虽多，却很少再有人能够唱出她歌中的深情厚谊。从某种意义上来说，叶倩文就是我们的"山河故人"。

林忆莲：一直生长才能逆成长

　　林忆莲再次出现在聚光灯下，是在《我是歌手》的舞台上。真难以想象，这个看上去活力十足的女人已经五十多岁了！五十岁，已经是很多中国女人含饴弄孙的年龄。可她站在那里，即使不开口，也显得毫无暮气。这么多年来，时光好像在她身上停留住了，女人们都追求无龄感，这点在她身上得到了完美的诠释。你根本看不出她的年龄，只会被她的温婉、妩媚所吸引。难怪有人叫她"少女莲"。

　　看到林忆莲的现状，真是让无数相貌平平的女人对未来陡生信心，既然她可以逆袭成一代天后，我们应该也可以。

　　林忆莲的人生，完全就是一部平凡女生的逆袭史。熟悉她的歌迷们都知道，她不是一开始就这么美，也不是一开始就这么会唱。

　　如果时光倒流三十年，让你看到刚出道时的林忆莲，也许你会大吃一惊——

她原来如此普通。普通得走到铜锣湾，可以用扫把扫一堆这样的女孩出来。

她的长相很普通，挑剔点儿甚至可以说不好看，小眼睛，小鼻子，就像没有长开，那个时候的她和美女根本不沾边，从小就有个外号叫"丑八怪"。声音也不好听，香港人形容一个人声音难听会用"鸡仔声"，她说自己就是"鸡仔声"。

每个长得不漂亮的少女青春期都会自卑，"少女莲"也不例外。她那时特别没有自信，对长相不自信，对唱歌更没自信。她是在电台做DJ出道的，做了一段时间，公司找她签约出唱片，她第一反应是拒绝，觉得自己不会唱歌。还好公司认准了她是块璞玉，坚持签了她。

刚出道的时候，她的势头很一般，同班同学陈慧娴已经红遍全港了，她还是不温不火。这和她的性格有关，她小时候爸爸妈妈工作都很忙，自小就养成了沉默寡言的性格，接受访问时话都特别少。

在娱乐圈活跃的都是锋芒毕露的个性人物，像林忆莲这样的，未免会让人觉得缺少一点儿个性。其实，她不是毫无个性，而是比较内敛，温柔和克制就是她的特质。接触过她的人，都会评价说她真的是"好温柔好温柔"，好友姚谦说她擅长"以柔克刚"。

能够以柔克刚，说明她温柔的外表之下，有着自己的坚持。据乐评人说，那个年代的天后，林忆莲最挑剔、最难搞、最不好摆布，同样是被商业包装，她太有性格、太有想法、太不受掌控。她对音乐的追求，是发自灵魂深处的。"不进步就退步"是她的座右铭，凭着这股子对音乐的热爱，初出道平平无奇的她才会后来居上，当同期女星早已隐退时，只有她仍勇立潮头。

当然光有热爱还是不行的，在娱乐圈混，必须是个人精儿才行。她最聪明的地方是有自知之明，知道自己的优势和劣势，因为不善言辞，干脆少发言，只用作品说话；知道自己音域不宽，就不学人家引吭高歌，专走浅唱低吟的情歌路线；知道自己不是美女，就不走颠倒众生的路线，而是以歌技服人。

别的歌手忙着卖人设，拍广告，走影、视、歌三栖路线，她对这些都没什么兴趣（也拍过电影，纯属玩票），她的目标很专一：在歌唱的路上勇敢精进，做最好的女歌手。

这从她选择男朋友的标准中可以看出来，别的女星要么爱富豪，要么爱帅哥，她的口味很固定，只爱才子。才子们尽管其貌不扬，但对她事业上的帮助是巨大的。身边的男人如陈辉虹、冯镜辉、许愿、伦永亮、李宗盛、恭硕良等，一个个都是音乐才子。她是千里马，他们就是伯乐；她是璞玉，他们就是伟大的琢玉师，正是在他们的赏识和雕琢下，她才焕发出独一无二的光彩来。

她的恋爱史同时也是她的音乐成长史，每换一个男朋友，就可以看见她在音乐之路上的蜕变。从这个角度来看，她有点像传说中的"海绵女"，每一段感情都滋养了她，即使感情不在了，该吸收的营养也已经吸收了。

和冯镜辉在一起时，她是可爱的甜妹妹，出了第一张唱片后，马上意识到这种路数并不适合自己，如果要比拼甜美，她哪里比得过同期出道的陈慧娴？她自然不会拿自己的短处，去和别人的长处相比。

不得不感谢许愿，这个制作过张国荣《追》《今生今世》的金牌制作人，拥有神奇的金手指。在他的点化下，她才从"少女莲"进化成了"女人莲"，在此之前，她还是一个天真稚气、毫无特色的女歌手，许愿为她打造了全新造型，在新专辑的封面上，她一头蓬松卷发，俨然已是个别具风情的都市女郎。

业内评价说，许愿最懂她的声音，经过他的塑造，她的歌声变得洒脱不羁而独立坚决。在他的规划下，林忆莲成功地成了新一代香港成熟都市女性代言人，一首《爱上一个不回家的人》更是唱得街知巷闻。但这段感情只维持了四年，后来林忆莲转投华纳，二人感情逐渐转淡。

而她真正从香港红到全国各地，还是和李宗盛合作的滚石时期。

李宗盛和她的关系，亦师亦友，类似于情人知己。初相遇时，他是华语乐坛的音乐教父，她是势头大好的情歌天后，他们之间除了爱情外，一定也有种棋逢对手的惺惺相惜。

当《爱上一个不回家的人》大热时，李宗盛力邀林忆莲去滚石。他为她量身定做，推出了《Love Sandy》这张专辑，《伤痕》《为你我受冷风吹》《听说爱情回来过》都收录其中。

李宗盛也许比许愿更懂得欣赏林忆莲的声音，正是从这张专辑开始，林忆莲才成为女性都市情歌第一人。她的歌声如此缠绵，抚慰了每一个曾在爱中受伤的女人。

合作中两人情愫暗生，1992年，在一场音乐会上，他们合唱了《当爱已成往事》，谁都看得出来他们之间有火花闪现。这本来是张国荣独唱的歌，李宗盛特意做了一个合唱的版本，也许从那个时候开始，他已经深深地爱上了这个小眼睛的女歌手。

可那时他已经和妻子朱卫茵结婚多年，为了逃避这场情感风波，林忆莲一度想退出，不惜远走加拿大。结果李宗盛追到加拿大，冒雨在门外守了一整天。

最终这段恋情以李宗盛与朱卫茵离婚和林忆莲奉女成婚结束。谁都以为这是个光明的结局了，不料几年之后，两人公开宣布离婚。

李宗盛的离婚声明充满了留恋："我们的爱若是错误，愿你我没有白白受苦。

Sandy，祝你幸福，找到你要的，你认为值得的。"

相比较而言，林忆莲的声明显示了她向前看的决心："我们都很好，亦做了一些准备，迎接各自的未来，似乎也不那么遥远，就让生命多添一种颜色吧。"

关于离婚原因众说纷纭，其中有种说法是他们分别想走的音乐道路发生了分歧：林忆莲想在香港再战江湖，而李宗盛却希望主攻大陆市场。

音乐上的分歧居然可以导致婚姻的破裂吗？依林忆莲的处事风格来说，未必不可能。她一直在音乐上求新求变，唱了那么多年的幽怨情歌，扮了那么多年的黑夜怨妇，可能也不想再继续下去了。

离婚之后，李宗盛再也没有传过新的恋情，还一直停留在对过往的追忆中。他多次在公开场合提起林忆莲，召开的演唱会上，他还放了林忆莲的演唱视频，隔空和她对唱《当爱已成往事》，唱得泪流满面。

林忆莲呢，还是那样沉默寡言，过去的就过去了，她不做任何评价。当爱已成往事，就让它留在风中，《伤痕》中有句歌词"你若勇敢爱了，就要勇敢分"，写歌的人做不到，唱歌的人却做到了。

恢复单身后的林忆莲沉寂了一段时间，很快投入了新的生活。事业上，她担任自己的音乐制作人，不再唱苦情的歌，前几年出新唱片《盖亚》，她坚决地说："我不再需要另一首《至少还有你》。我不想再安全，不想再制造安全的无味。""Playing Safe Is Boring（打安全牌很无聊）"是这个金牛座女人一贯的态度。

感情上，她先是重新牵手初恋陈辉虹，当陈辉虹提出结婚时，她因为对婚姻的恐惧拒绝了。后来交往的是小她 11 岁的音乐人恭硕良，拍拖三年后，这对姐弟恋终于修成正果，"少女莲"再次步入婚姻殿堂，当天的小伴娘就是她的

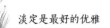

女儿。听上去是不是很励志，这完全就是《经常请吃饭的漂亮姐姐》的中国版嘛。

林忆莲上《我是歌手》时，爱人恭硕良为她打鼓，蓝颜知己伦永亮为她弹琴，她坦坦荡荡地唱着前夫李宗盛写的歌，折服了全场观众。在这个争夺激烈的舞台上，她是真心实意地在享受音乐。通过她，人们头一次发现，眯眯眼也可以如此媚眼如丝，"鸡仔声"也可以进化得婉转缠绵，原本并不好看的她，也可以把自己修炼成后天美女。

很多人讶异于她怎么越活越年轻了，我想，可能是因为她一直在成长，只有不断成长的女人，才能够真正地"逆生长"。年轻与其说是一段年龄，不如说是一种状态。出道三十多年，寡言的她就像一棵沉默的树，每一天都在隐秘地生长着，不经意间已经长得枝繁叶茂。她把受过的每一点波折都变成了自己的养分，这样的女人，真的不会白白受苦。

郑秀文：破镜重圆的可能性

2007 年，正逢郑秀文复出，阔别舞台两年之久的她在红馆连开八场演唱会，卖力地又唱又跳，港媒用"状态大勇"来形容她。

那一年，她已经三十五岁了，不再年轻，身材也不再纤瘦似纸片人，更没办法在头上戴个猫儿发夹卖萌。最后一场上，她念了一封自己亲手书写的《给自己的信》："这个悠长假期，你蒸发了某部分自己，是为了茁壮另一个自己……"这封信是她在最后一场演唱会的下午，看到灿烂的阳光终于驱走七天的大雨后有感而发的。一天之中有黑暗、有光明，在她看来人生也是如此。信的结尾她说："我清楚地知道，你回来了。更重要的是，你的勇气回来了。"

全场掌声响起来，爱她的歌迷们欣慰地发现，那个做什么都很拼的 Sammi 又回来了。历经过失恋、抑郁、暴肥等种种坎坷，她今天能站在这里，已经是一种胜利。

台下的贵宾席里坐着一位嘉宾，在她说这番话的时候，抑制不住地流下了眼泪，这一幕被敏感的摄影师拍下了，大家才发现，原来这位动情的嘉宾是许志安。

关于他们复合的传闻，正是从那时开始传出的。

在香港，曾经流行一句话，"没有人不喜欢郑秀文"。这并不是因为她有多漂亮，或者天赋有多出众，恰恰是因为她天资平平却勇敢拼搏，出身普通却积极进取，很好地诠释了"爱拼才会赢"的香港精神。

在王菲大红大紫的年代，郑秀文是香港唯一能够和她并驾齐驱的女歌手。王菲天赋异禀，一切都得来全不费功夫，挂在嘴上的名言是"最大的烦恼是太红了"。

郑秀文呢，则属于拼了命也要红起来的平凡人，不管是对事业还是对爱情，都会拼尽全力，能有后来的成就，全靠自己努力。

她入行早，十六岁就参加了香港新秀唱歌比赛，原因有两个：一是想做歌手，一是想接近许志安。许志安是她心中偶像，她十四岁就迷上了这个有着一副低沉嗓音和一双眯眯眼的男歌星。

她在新秀赛上拿了季军，如愿以偿地签了华星唱片公司，成了许志安的小师妹。许志安对她也很有好感，一次共同出席的宴会上，他要了她的电话号码，当晚凌晨三点就忍不住打给她，两人由此相恋。

对于很多少女来说，郑秀文那时候的日子简直可以用"美得冒泡"来形容，如愿当了歌手，又和偶像走在了一起，人生如此，夫复何求？

可郑秀文毕竟不是寻常少女，她有她的野心，她曾经说过，年轻时很挑剔，很追求完美，对自己的要求是永远都要做个成功的人，一定要做最棒的那个。

她当然不仅仅是说说而已，那些年里，她对自己严苛到了极点，哪怕是在明星中，也很少见到她这么严于律己的人。

她出道时是圆圆脸，模样又乖又萌，连张国荣都赞她是香港最漂亮的女星，可她却嫌自己胖，认为同样一件衣服，瘦瘦的周慧敏怎么穿都好看，换了自己怎么穿都不好看，就是因为胖。其实用我们普通人的眼光来看，她哪里是胖，顶多称得上"微胖"。

自诩为"胖子"的郑秀文开始疯狂减肥，她的减肥方式很极端，就是不吃，尽可能地不吃。她有试过几天不吃东西饿得晕倒，妈妈端着一碗粥苦劝她吃下，她却觉得"吃一口都会置自己于死地"。

靠着这样的自虐，她很快瘦成了我们熟悉的那个娱乐圈最瘦的 Sammi，小S 曾惊讶地表示，郑秀文是她摸过的"最薄的人"。

瘦下来的郑秀文成了引领风尚的新一代潮人，至少有两大潮流发端于她：一是"瘦即是美"的审美风尚，从她以后，娱乐圈女星乃至所有华人女性对于瘦的追求到了极致，女人们都以不是纸片人为耻，平胸成了一种性格，一种潮流；二是郑秀文式的潮味儿打扮。

她可能要算我们熟悉的第一个港式潮女了。我怀疑"潮"这个词是从她开始的，在她之前，女明星们都光鲜亮丽得像云端上的仙子，她却从云端走入了凡尘，小风衣、长 T 这些普普通通的基本款，被她搭配得既接地气又别具一格。她真是特别擅长混搭，初看并不起眼，但越看越有味道，《孤男寡女》等电影中的造型至今仍然毫不过时，仍然被万千潮女模仿着。

有志于做天后的郑秀文当然并不甘于只做个时尚 Icon，除了不断在舞台上捣饬造型外，她把更多的力气花在了唱歌和演戏上。她大热的《眉飞色舞》《值得》《终身美丽》等单曲脍炙至今，我更念念难忘的，则是她在电影中的精彩表现。

她演过大概三十部电影，和刘德华搭档最多。她演的那些角色都有些相似，单纯、执拗、痴情，有点儿傻乎乎，也有点儿神经质，不难看到她本人的影子，就像《孤男寡女》中的那个女主角，一紧张就会不停地擦玻璃、做家务，她说平时也会这样排解压力。

凭着这股子拼劲，九十年代的香港娱乐圈成了任她驰骋的天下。可她的内心深处，也许还一直住着个胖子，没什么安全感，不太能够肯定自己值得被爱。1999年开演唱会时突然停电，台上的她吓得战栗不已，大叫："安仔救我！"许志安马上飞奔上台，将她抱在怀里，为她拭去眼泪。

在众人眼里她是高高在上的天后，可到了他面前，她依然是那个需要被保护的小师妹。她以为他会一直呵护她、宠着她，所以肆无忌惮地在他面前展露自己的脆弱和任性。盛名的光环下，她不免有些骄纵，身边人都说她有些"难搞"，想必在最亲密的人面前，她可能会更加"难搞"。

这一切，都为后来的分手埋下了伏笔。

2001年，她又一次获得了最佳女歌手奖，他则第一次获得了最佳男歌手奖。在舞台上，他哽咽着说出了著名的"厨房宣言"，说盼这个奖已经盼了十五年，"有一个女人我要感谢，我记得几年前，在她的厨房那里，我曾对她说过要是有一天我们同时获奖就好了，她说只要努力就可以，没想到是今天……"

她在台下哭得不能自已，所有人都以为她是喜极而泣，却不知道他们那时的感情已经出了问题，不再如外界看起来那么完美。

2004年，许志安单方面宣布分手，关于分手原因，他解释说："我是长跑高手，可是这场马拉松我突然抽筋了，但Sammi依然在我心里，我们还是朋友。"她始终一言不发，也许是太错愕了，根本没想过他会离开自己。

那之后，他相继交过两个女朋友，她始终孑然一身。没有人知道她心里在想什么，只是看着她变胖、消沉，看着一贯自律的她突然间失去了控制。那年她正好拍了关锦鹏导演的《长恨歌》，结果票房惨败，口碑也不好。

爱情和事业双双遭遇了滑铁卢，她的人生一下跌入了深渊，抑郁症爆发，不想见人，无法工作，身体也出了问题，哮喘复发，还患了严重的湿疹。那段时间，她把自己困在家里，每天以泪洗面。有关她的传闻一个比一个悲惨，有说她重病的，有说她暴肥的，甚至还有说她跳楼自杀的。

同样没有人知道她是怎么熬过来的，她给出的说法是跑步，每天跑八公里。对于抑郁症病人来说，运动当然有效，可比运动更有效的，是一个人不肯放弃自己的心。她终于决定自救，读书、旅行、画画、健身，还在报纸上开了专栏，写写画画，给情绪一个宣泄的出口。

然后就有了本文开头的那一幕，2007 年，那个敢闯敢拼的她又回来了，一同回来的，还有她的爱情。

分手后，许志安先是和助手潘恒章发展地下情，后来又有了绯闻女友余德琳，在此期间，他和郑秀文一直维持着好朋友的关系。

她一直爱着她，所以才不惮在专栏里坦言"有想过复合"，在他父亲去世时，依然前往致祭慰问。

他对她何尝不是旧情难了，所以才会一次次担任她演唱会的嘉宾，借朋友之名，行呵护之实。难怪他的助手潘恒章曾愤然表示："我像他的管家，余德琳只是一时新鲜，郑秀文才是他一生所爱。"

2008 年，在华星演唱会上，两人合唱了他们的定情经典《唯独你是不可取替》，他深情款款，她娇羞默默，引得粉丝疯狂大叫。最后，许志安以华星大哥的身份发言，他说："我想起当年拼命工作时是谁在我身边陪伴我、支持我……"话音未落，郑秀文就勇敢地抢着说："是我了！"

全世界都盼他们复合，他们也终于被媒体拍到了一起喝茶的照片，终于大方承认了复合，他们共同的好朋友苏永康评价说："这是本年度最符合民意的一件事。"

这一次，他拉起了她的手，再也没有松开过，不久后他隆重求婚，她如愿成了许太。

娱评人查小欣用"打风打唔甩"来形容他们的恋情，意思是台风风力再劲也拆不开他们。巧的是，同一时期的天后王菲后来也和谢霆锋复合了，这也是一对"打风打唔甩"的情侣。

老实说，和相恋多年的恋人分手后，估计有一半以上的人想过复合，可只有极少数的人能将幻想变成现实。郑秀文和许志安，王菲和谢霆锋，是两对完全不同的情侣，可在他们的故事里，我们可以看到什么样的人才会拥有破镜重圆的可能性：

他们分手时一定不会撕破脸皮，这样才会为复合留下余地；

他们一定还对彼此有着一份难了的余情，默默地关注着对方的一举一动；

他们会遇到别的恋人，可回过头来，还是觉得最初的你是我最爱的人，就像郑、许二人在经典情歌中所唱的那样：唯独你是不可取替。

有人将郑、许的故事解读为郑秀文通过爱情得到了救赎，我却认为，救赎她的不是爱情，是她自己。

当他们再次走在一起时，她已经变成了一个崭新的郑秀文，对人对己都不再苛求完美，在工作和生活中找到了平衡，正如她在声明中所说："我并非要成就惊天动地的爱情，我只想踏实地经历一段平凡人的感情。"这样不再紧绷着的她，想必和许志安相处起来会自如很多。

兜兜转转那么多年，蓦然回首却发现，世间始终你好。这是我能想象到的关于复合最美好的故事。

周慧敏：我的伴侣绝对有资格犯得起这个错

宇宙间有很多条真理，其中一条就是"男人不坏，女人不爱"。一个女人爱上花花公子并不稀奇，可是要嫁给花花公子的话，还是需要很大勇气的。

所以当初周慧敏突然宣布要嫁给倪震的时候，全世界都震惊了，不知道她为什么会做出这样的选择，有人只好解释为撞了邪。

周慧敏可不是个普通的女人，她是堂堂一代玉女掌门人。在那个大家对"玉女"的概念还不大明晰的年代，她凭一己之力，向人们普及了什么叫"美人如玉"。她经典的及腰长发、女学生式的打扮加上大眼睛，成了"玉女"的标准模板。可以说，从她以后，一代代玉女都是照着她的模子复制出来的。

哪怕是青春不再后复出，人们还是怜爱地称她为"永恒的玉女"。

"玉女"的标签是清纯。一代清纯玉女，为什么会迷上倪震这种浪子呢？

　　答案很简单——浪子这种生物，全身上下都散发着浓烈的求偶气息，很难有异性能抵抗得住他们的魅力。只是有些女人出于安全感的考虑不敢接招，有些女人却不管不顾地掉下去了。

　　越是矜持的女人，越容易受浪子蛊惑，可能是因为反差越大的人之间吸引力就越大。高冷如张爱玲，也逃不过这个魔咒，一见到浪子胡兰成就一颗心低到了尘埃里，名分也不顾了都要跟着他。清纯如周慧敏，会被浪子倪震吸引自然一点儿也不奇怪。

　　别看倪震现在总是被骂成"世纪渣男"，当年可是香港一等一的名门阔少。他父亲倪匡，就是那个写了无数本卫斯理系列的科幻小说家，与金庸、蔡澜并称为"香港三大才子"，姑姑是亦舒，江湖人称"师太"，一代言情圣手。

　　在这样的家庭长大，倪震自然不同于一般的纨绔公子，他并非腹内空空，而是着实有几分才华。他写得一手锦绣文章，做过电台主播，还一手创办了风行香江的《YES》杂志，"香江才子"的名头并非浪得虚名。

　　年轻时的倪震相貌堪称清俊，加上懂情调，会讨女孩子欢心，是城中有名的"美女杀手"。他交往过的女朋友，著名的除了周慧敏外，还有李嘉欣、陈法蓉，都是艳冠群芳的美女。

　　反观周慧敏，身世比倪震要凄苦得多。她是个遗腹女，还没出生父亲就去世了，由母亲和奶奶一手抚养大。单亲妈妈带着个孩子，生活自然清苦，她是吃惯了苦的人，做了明星后也格外节俭，一条裙子可以反复穿上多次，有个外号叫"悭妹"。《大时代》中她扮演的"小犹太"一角，就是以她为原型塑造出来的。

　　她在认识倪震前有个男朋友叫陈德彰，是个没什么名气的歌手，两人交往了五年，都准备结婚了，只是由于男方经济出了点问题没买成房子婚事才一时搁浅。

就在这时，倪震出现了。那时他正好和前女友李嘉欣分了手，恰是空窗期，与周慧敏因在电台做节目而相识。倪震这个人，和胡兰成一样，见了美女"凡是能发生的关系一定要发生"，自然不会放过追求周慧敏的大好机会。

初次见面，周慧敏对倪震的印象并不好，"他是倪匡的儿子，家里肯定很有钱，这种公子哥们平常一定很挥霍，做事也不守规矩，总而言之印象不太好。"但不久，她就沦陷在倪震的温柔里。

一边是谈婚论嫁的男友，一边是大献殷勤的才子。周慧敏很快就动摇了，心中的天平一点点向后者倾斜。一个女人在快要结婚时临阵变心，多半是因为她不够爱那个男人。而倪震，肯定带给了她真正恋爱的感觉。

"倪周恋"正式展开，那时，没有人认为倪震高攀了周慧敏，在大家眼里，他们再登对不过了。连周慧敏的男友陈德彰也自愧不如，单方面选择和周分手，成全这对金童玉女。

倪家也对这位玉女敞开了大门，一向刻薄的亦舒曾讥讽侄子倪震的前女友李嘉欣"美则美矣，毫无灵魂"，后来对同样是女明星的周慧敏却赞不绝口，夸她"美得像卡通片中人物"，而且不爱慕虚荣，"一件衣服穿多次"。

每个爱上浪子的女人都想成为他的情史终结者，周慧敏也不例外。可她很快发现倪震并没有为自己改变浪子的性情，相传在他们相恋期间，倪震曾背着周慧敏追求陈法蓉。两人一度为此分手，周慧敏借歌曲《感情的分礼》向倪震发出了最后通牒，倪震思量再三，最后只好向陈法蓉摊牌说，自己还是和周慧敏比较合得来。陈法蓉还因此闹过自杀的传闻，可这也挡不住倪震选择周慧敏。

也许是这次波折，让周慧敏认清了倪震在她生命中的分量——她根本没有办法离开他。既然他改不了，只好由她做出改变来迁就他。

他爱玩，她就学着打美式台球陪他玩；他要离开香港，她就退出歌坛陪他去加拿大隐居。她事事以他为先，生命中重要的东西排名顺序就是倪震、猫狗和最要好的朋友。

如果要倪震来排序，排在第一位的想必也会是周慧敏。他对她并非如人们想象的那样不好，相反比很多男人更懂得照顾伴侣。

周慧敏自己就说过："我的婚姻生活可能跟大家想象中的不一样，我是被照顾的那一个，不是我不懂得照顾自己，而是我先生实在太会照顾人。"平常去超市购物，处理家里的杂物，都是倪震负责，连周慧敏的护肤用品也由他一手采购。平时她除了工作外，完全不用为这些琐事而烦恼。

在周慧敏的描述里，倪震的细心、体贴达到了一个常人不可企及的高度，"我们刚移民去加拿大时，我很想念香港的咖啡卷，因为我习惯了每天吃一块。某天，我先生接我回家，一打开门，桌上放了很多很多咖啡卷，原来他把附近的蛋糕店都逛了一遍，买了各种牌子、各种口味的咖啡卷，他叫我试吃，希望能找到一款跟香港的一样的咖啡卷。"

倪震也曾在书里写道：为了让周慧敏吃到一小瓶美国超市才有的奶酪，他常常花几个小时开车到加拿大边境，然后过关到美国购买；有一次，他遇到美国海关检查，对方知道他为了几瓶奶酪而入境，也不禁感叹："You are so crazy（你太疯狂了）！"

他不仅在生活上照顾她，还懂得不时给她制造浪漫。周慧敏复出的演唱会上，他扮成她爱的宠物猫"阿豹"，当着所有观众的面向她求婚，宣称"周慧敏是我的最爱"，全场观众激动得大叫，她也感动得直流眼泪。

倪震并不是一无是处，如果他真的一无是处的话，那周慧敏离开他后就不会再回头了。她之所以一再回头，是因为他身上有太多值得她留恋的地方，唯一觉得难以忍受的，就是他的花心。倪震就是那种常见的花花公子，有了最爱的女人，也不妨碍他在外面寻欢作乐。

他们认识至今，这些年间，倪震不止一次传出"偷吃"的丑闻。最轰动的一次，他和新相识的年轻女孩子在酒吧激吻，照片赫然登上了第二天的报纸头条。

周慧敏几天后发布了分手声明，措辞强硬地宣称"我的伴侣绝对有资格犯得起这个错"，结尾却话锋一转，称有些累了，会结束恋人关系，恢复到朋友关系。这封分手声明，和菜头称之为"优美的中文"，的确写得文采斐然。另一方面，倪震也称自己做得不对，只得"引咎分手"。

没想到双双宣布分手之后没几天，他们突然注册结婚了。照片中，周慧敏一身洁白婚纱，依偎在西装翩翩的倪震身旁，看上去还是那么登对。

旁人却难以接受，一齐指责她"没骨气"，资深娱记查小欣更是揣测周慧敏一定是被下了降头，不然为何会对倪震如此痴心不改？

下降头的事纯属子虚乌有，如果真有"降头"这回事的话，周慧敏可能中了一种叫作"爱情"的降头。

她并不傻，一个油画画得那么好，红了几年就能被人惦记一辈子的女人，不可能是真的傻。她只是和大多数女人的选择不一样，很多女人为了安全感宁愿割弃让人迷乱的爱情，她却为了一份让人迷乱的爱宁愿放弃对绝对专一的要求。

"名门痞女"洪晃曾总结过 N 条一定要嫁给花花公子的理由：一、花花公子肯定有生活情调；二、花花公子肯定不是同性恋；三、花花公子因为早见惯了花红柳绿，抵制诱惑的能力反而较寻常男子更强……

当然，对于周慧敏来说，第 N ＋ 1 条理由则是，她爱他。最俗气也最重要的理由。如果有一天她离开了他，一定也是因为这份爱已经消耗殆尽。在此之前，我们能够给予这位昔日玉女的，唯有祝福。

陈慧娴：有老本可吃的人生不算太坏

出名要趁早啊，来得太晚，快乐也不那么痛快。

这句祖师奶奶张爱玲的话，被众多野心勃勃的女孩们奉为至理名言。

她自己本人就是出名趁早的范本，二十四五岁，已经写出《金锁记》《倾城之恋》这样的经典之作，也和胡兰成谈了一场轰轰烈烈的恋爱。她的快乐确实来得痛快，可惜离开胡兰成后，她的才华似乎也随着爱情一起萎谢，也写过一些作品，可再也没有重演年轻时的风光。

张爱玲本身的经历告诉我们，出名太早，也并不意味着你的人生从此一路坦途，所以才有那么多"伤仲永"的故事。

演艺圈中，更是有太多一炮而红后继乏力的人物，比如我们这一代人都熟悉的陈慧娴。

"陈慧娴"这个名字，对于八〇后来说有种特别的意义。如果说那个年代的男生们每个人记忆里都有一首 Beyond，女生们则记忆里都有一首陈慧娴。一个黄家驹，一个陈慧娴，几乎以他们两个人的力量就完成了粤语歌向整个华人世界的普及。

我的少女时代就是在陈慧娴的歌声中度过的。还记得第一次听她的歌，还是读初中时。空荡荡的校园一角，传来一个深情细腻的女声，是从学校广播处传来的吧。那歌声如泣如诉，似乎有一种压抑的柔情隐忍在婉转的旋律之中，让人听来分外哀伤。

我不知道她唱些什么，但听在耳里，只觉得字字铿锵，配合着那曲调，说不出的婉转悠扬。

后来才知道，那首歌叫作《逝去的诺言》，而唱歌的那个人，叫作陈慧娴。从那以后，陈慧娴成了我最爱的粤语女歌手，听着她的歌长大的我，固执地认为一首歌如果有两个版本，粤语歌的版本一定比国语歌好听。如今要去KTV，拿起话筒来最喜欢唱的，还是陈慧娴当初的那些老歌。

对于我们这些听着粤语歌长大的一代人，她的歌声对我们来说更像一种召唤，可以召唤出记忆中的《千千阙歌》，以及那一去永不回的青春岁月。

陈慧娴，花名叫"公主"，年轻时确实是个集万千宠爱于一身的公主。

她家境优越，天生一副好嗓子，在学校读书时就出尽风头。十九岁出道，凭着一首《逝去的诺言》获得最有前途新人奖。二十出头已经大红大紫，两三年内一口气出了七八张专辑，每张都有脍炙人口的金曲，《傻女》《夜机》《孤单背影》《人生何处不相逢》等，哪一首都是风靡香江、人人传唱的经典之作，她自然也是拿奖拿到手软，正是鲜花着锦、烈火烹油之势。

那时的香港歌坛，有"四大天后"之说，指的就是梅艳芳、叶倩文、陈慧娴、林忆莲。实际上陈慧娴当红时，梅艳芳已半隐退，叶倩文还未出头，至于和她同过班的林忆莲，还是个被称为"丑八怪"的女同学。只有她，一枝独秀，红透全港，是香港人捧在心尖尖上的小公主。

她长得也像公主，衣着打扮走日式甜美风，开演唱会时总是喜欢戴一顶精致的帽子，穿缀满蕾丝的公主裙，俏丽的圆脸上一双无辜的大眼睛，是那样的惹人怜爱。因为爱戴帽子，她还赢得了"帽子歌后"的美名。

上天格外垂青这位公主，早早为她派来了守护人。他就是她公开承认过的第一个男友欧丁玉，圈内赫赫有名的金牌制作人。陈慧娴一出道就由他担任音乐监制，他非常欣赏她的唱功，常给邝美云听陈慧娴的歌，还说："你应该像陈慧娴这样唱！"

陈慧娴能够成为当时最红的女歌手，离不开欧丁玉的悉心打造。他给她录歌时，一首歌会录50条声轨，然后选唱得最好的一句剪辑成曲。陈慧娴代表作《傻女》的歌名也是他取的，"歌本身的旋律很优美，但有些伤感。我想不如取个有反差的名字，《傻女》的名字搞笑，有反差，就取了。"泰迪·罗宾曾问他："不是因为你经常叫陈慧娴傻女？"欧丁玉笑着答道："哪儿敢，那时候她是我的主。"

"她是我的主"，这话一点儿也没有夸张。陈慧娴自己都承认，当时欧丁玉非常疼她，把她当成女儿一样宠，什么都迁就她。而欧丁玉则坦言，做陈慧娴男朋友其实好辛苦，因为要身兼数职，又因为是她男朋友，只能成功，不能失败，压力很大。

爱情和名气都来得太过容易，才只有二十来岁的陈慧娴并不懂得珍惜。二十四岁时，距离封后只有一步的她突然宣布退出歌坛，要去美国留学。理由是家里人并不赞成她在娱乐圈待太久，认为一个女孩子多读书才是正道。

而那时深爱她的欧丁玉盼望着能和她结婚，还婉转地劝她：你一直都按照爸爸妈妈的想法生活，有没有想过自己到底要什么？

陈慧娴哪里听得进他的劝告，一心要去美国，还在红馆举行了告别歌坛演唱会。欧丁玉提出得有一首压轴的歌，作为她告别歌坛的点题曲目。他为她选择了林振强作词的《千千阙歌》，二十四岁的陈慧娴，含着泪在演唱会上挥着手唱起了这首歌，唱到动情处，歌迷们一个个从座位上站了起来，大声呼喊："慧娴，不要走！"

《千千阙歌》红到什么程度呢？它被称为"港版的《难忘今宵》"，风头甚至压倒了梅艳芳同时期另一版本的《夕阳之歌》。

凭着这首告别的歌，本来就很红的陈慧娴人气一下子达到了巅峰，可她依然选择了急流勇退。

人在年轻的时候，总是勇于放弃已经得手的一些东西，以为来日方长，前面一定会有更好的事物、更好的人在等着自己。就像奔赴美国的陈慧娴，想起未来时，一定是满怀憧憬，根本不知道自己错过了什么。

欧丁玉在为她做完演唱会这最后一件事后，不久后就黯然和她分了手，之后娶了一个外貌酷似她的女子为妻。

念旧的唱片公司宝丽金也曾派人飞去美国，为她制作了一张专辑《归来吧》，销量非常好，里面的《归来吧》《红茶馆》《飘雪》更是成了她的代表作。

香港乐坛一度盼着她早日归来，谁料她在美国一待就是三年，三年后才正式复出。

娱乐圈是个瞬息万变的地方，这三年发生了太多事，叶倩文、林忆莲已成歌后，王菲、郑秀文后来居上，再加上各路新人，歌坛早已不是她一个人的天下。

都说成名早是件好事，其实成名太早是柄双刃剑，一个人那么早就到达了巅峰，后面不可避免的就是漫长的下坡路。

一开始，陈慧娴确实很难适应这个落差。出唱片，唱片卖不动，换了公司，新公司更加不捧她。最潦倒的时期，一张唱片销量仅仅卖了八千张，连新人都不如。人就是这样，得意的时候自然有贵人相助，等到落魄时却发现贵人们一个个都消失了，再也没有人悉心为她打算。

感情上，她走的也是下坡路。她后来也交过两个男友，其中一个叫谢国麟的医生，居然在和她交往时被拍到和诊所里的护士偷偷开钟点房。事情曝光后，她还强撑着为谢医生说话，说他不是那种好色的男人，一定是被冤枉的。如此迁就，没想到最终还是以分手告终。

她这才醒觉到欧丁玉的好处来，一次次自曝"最爱我的男人是欧丁玉"。爱情和事业的起点都太高，向上走是那么困难，向下滑落却那么容易。

从巅峰掉下来的她久久没有回过神来，那些年里，她就像个任性的公主一样，再三玩着隐退、复出、再隐退、再复出的游戏。她得了焦虑症，服药后食量大增，一度暴肥到一百二十多磅，她曾流着泪对媒体说，渴望"有人爱我，有人处理我"，可惜，这个平凡的愿望也落空了。

比起上坡路的走法，如何走好下坡路是一门更加艰深的学问。很多人接受不了风光之后的落寞，所以我们看到，蓝洁瑛"疯"了，陈宝莲跳楼了。如果你还不想疯，又不愿意死的话，只得咬紧牙关挺下去。

还好陈慧娴挺了过来。她似乎想开了，做不了公主，就学着做个平凡人，既然不是每个人都能够再攀高峰的话，索性就不再较劲了，换个舒服的姿势继续往前走。

　　唱片卖不动了，那就开演唱会吧。好歹她曾经那么红过，演唱会的票总不愁卖不掉。虽然被讥笑为"吃老本"，可那又如何呢，有些人唱了一辈子，也没唱红过几首歌，有老本可吃的人生，至少还不算太坏。

　　至于她曾经那么渴望的婚姻，如今也不再强求了。她坦言自己平时特别宅，不会为了寻找爱情刻意去结识人。和欧丁玉做不成情侣，做个老友也不错，她开演唱会，也会请他来捧场，当年那么骄傲的她，现在也学会了和他开玩笑，当着听众的面摸着他的肚子说："看你很幸福，有个小小的肚腩，我还没有。"

　　如果当初她能够让他如此放松的话，也许他们就不会分开了吧？可世事永远没有如果，就像人生永远没有一劳永逸，你总得经历过那些起起伏伏，才会学着笑看潮起潮落。上坡路也好，下坡路也好，哪条路都不好走，我们能够做的，无非是坦然接受命运赋予我们的一切，得意的时候不要太过忘形，失意的时候也要抬起头来。

　　做人最难得的是平常心。陈慧娴说现在的自己，"过去种种，已经不再执着；未来种种，坦然面对"，有了这样的心态，未来的路再怎么难也能够一直走下去。

爱情来了固然好，

没有来的话，

一个人也能过得精彩。

第四章

人生是苦的，你要学会给它加点甜

吴倩莲：日子虽然简单，但已足够

天涯上有个帖子，主题是寻找那些下落不明的女明星，有个网友提到了吴倩莲，顿时应者如云。

吴倩莲一定不知道，她淡出了娱乐圈这么久，还有许多人牵挂着她的音讯吧。

明星本质上是个不甘寂寞的群体，尤其是女明星。很多女星尽管退出娱乐圈了，仍然会和媒体保持联系，时不时曝个光。例如叶玉卿嫁到加拿大做富太多年，仍盛情邀请记者去她的豪宅参观。

比较起来，吴倩莲真是低调，淡出就正式淡出了，和这个光怪陆离的圈子再无交集。即使被记者拍到她们一家人坐在小店里吃兰州拉面，出行坐经济舱，她也安之若素。这正符合她一贯以来的作风，在人人都博出位的娱乐圈，吴倩莲原本就是个异数。

她是不经意间闯入电影界的。当年杜琪峰拍《天若有情》时公开选女主角，收到了一大沓前来应选的照片，结果一眼就看中了样子倔强的吴倩莲。后来她自嘲说："我是单眼皮，不属于美女。在一群美女中，因为我最不好看，所以我最明显。"

吴倩莲的长相，可能不属于关之琳、李嘉欣那种大众认可的美女。可在喜欢她的人眼中，她长得别具一格，属于那种越看越有味道的气质美女。吴倩莲和林忆莲名字里都有个莲字，眉眼也有些相似，都是细眉细眼的单眼皮女生，只是林忆莲看上去更温柔婉转，而吴倩莲多了份倔强和清冷。

杜琪峰选角的眼光没有错，吴倩莲在《天若有情》中与刘德华搭档，成功演出了女主角 Jojo 的痴情与固执，塑造了她影坛生涯最经典的角色之一。影迷们至今难忘，电影的结尾，她穿着一袭洁白的婚纱，赤着脚在路上狂奔的样子。

第一次演戏就和天王巨星搭档，可她一点儿都不怯场，不卑不亢地对刘德华说："抱歉你不是我的偶像，因为我从小到大都没有崇拜过哪个偶像。"

《天若有情》取得了巨大的成功，吴倩莲一口气拍了两部续集，也迅速晋身为一线女星，和她演对手戏的都是大牌男星，她是唯一一个与四大天王都搭档过的女星。周润发、张国荣、吴镇宇、刘青云都和她演过电影，在她最红的时候，张国荣一直想和她演一部戏，直到拍《夜半歌声》时才如愿以偿。周润发和吴倩莲合演过《花旗少林》《赌神 II》等戏，他们合拍的铁达时广告[1]更成了经典，广告词"不在乎天长地久，只在乎曾经拥有"流传至今。

吴倩莲当年为什么会这么火？起点高是一个原因，另一个原因是演技好。她的演技有些争议，据说李安拍《饮食男女》时，因为她经常卡壳而头疼不已。但事实上她在戏中的表现是可圈可点的，她那么清清淡淡的一个人，演起戏来却时不时表现出惊人的爆发力。

---

[1] 该广告是由广告巨子朱家鼎（钟楚红亡夫）1992 年携手周润发与吴倩莲拍摄。

她最擅长塑造那种外冷内热的角色,我还记得在《赤脚小子》的最后一幕,她喜欢的穷小子郭富城死了,听到这个消息后,她一滴泪都没有掉,而是对着她教的小孩子说:"要好好学习,连自己的名字都不会写,有什么出息呢。"看得出,她在极力压抑自己的悲伤,这种克制的悲伤,比起号啕大哭更能打动人。

她对角色有自己独特的揣摩和理解,出演《神雕侠侣》时,她对小龙女的理解是玉洁冰清,因长年生活在古墓里,对人情世故一窍不通。在演小龙女的时候,她特意演出了冷傲的一面,没想到这个黑衣小龙女惹来骂声无数,有李若彤的版本在前,人们都指责她演的小龙女不够温柔。

我倒觉得,除了身穿黑衣不符合原著外,她倒是演出了小龙女的神韵,金庸书中的小龙女,不就和她一样清冷孤傲吗?难怪金庸对这个版本十分认可,认为吴倩莲和他笔下的小龙女气质很相似。

仔细想来,吴倩莲确实像不食人间烟火的小龙女一样,无意中闯入了这个尘世。任身处的环境如何喧嚣,依然保持着一种局外人般的超脱。即便是在大红大紫的时候,她也无意做明星,只是将做演员当成一份职业。

台湾导演黄以功这样形容她:"没有星味,说话做事就像一个普通人,但她的脸让你觉得,这是一个有故事的人,让你有想挖掘她内心的冲动。"

她没有偶像包袱,平时不拍戏的时候总是素面朝天,连高跟鞋都穿不惯。她从来没有其他女明星那种强烈的物质欲望,不爱买奢侈品,一件衣服穿很多年,基本不太出去应酬,没事就一个人宅在家里做饭、烧菜。连朋友方中信都看不过去,说"小倩你太节俭了,赚那么多钱不花,未免委屈了自己"。

其实她本人一点儿都不觉得委屈,这只不过是她习以为常的生活方式罢了。这种生活虽然简单,但并不单调,因为她拥有丰富的内心,能够将平常的日子

也过得有滋有味。

那年头还不流行卖人设，不然她简直可以被当成文艺女青年的模板。她的日常爱好全是文青式的：会自己种花，会做木工，会装全套 Hi-Fi 家庭影院，喜欢一个人出去旅游，爱看书、爱陶艺、爱画油画。她有自成一体的价值观和独立的精神世界，她的文艺气息是融入骨子里的，而不是流于表面的矫情。

正是因为这份文艺气质，有人评价她"生来就是张爱玲笔下的人物"，她出演了《半生缘》中的顾曼桢，没有人比她更适合这个角色了，她一站在那里，就像从民国穿越而来的，古典、冷冽，带着淡淡的疏离感，温柔中隐含着坚韧，含蓄中透着张力。

她的民国扮相获得了一致好评，王安忆在为自己的小说《长恨歌》选角时，认定吴倩莲才是扮演王琦瑶的最佳人选，王安忆曾评价说："我对吴的感觉，是她长相的可塑性很强，眉眼淡淡的，非常留有余地的那种，很清秀，很端正。有些女演员的脸漂亮得太浓，太有特征了，那不是我要的。吴倩莲最打动我的就是四个字：舒服，自然。"

李安拍《色戒》时选了汤唯做女主角，很多人都说是因为汤唯眉眼间有些吴倩莲的味道，两人确实有些相似，只是吴倩莲的样子更清淡。

"淡"是她身上最突出的特质，我从来没见过哪个女演员，比她更配得上"人淡如菊"四个字。这份"淡"，不仅指她淡淡的样子，更包括她气质中的淡然。

入行那么多年，她从来没和演对手戏的男星传过绯闻，唯一公开的男友也是个圈内人，叫庹宗华，演过琼瑶剧《苍天有泪》中的男主角，穿着长衫的样子也颇有民国范儿。庹宗华没什么名气，吴倩莲也不在乎这些，他们在一起，多半是因为气质相近、性情相投。

两人谈了十二年恋爱,一度还传出婚讯,最后却以分手告终。谈恋爱的时候,吴倩莲绝口不提感情,等到分手后,倒是站出来替前男友说话,说分手的原因"都是我不好,可能是我太不温柔了"。不能在一起了,也绝不口出怨言,这点确实有张爱玲的风范。

分开后,庹宗华火速娶了别的女人,而吴倩莲则给自己放了个长假,一个人背着包到世界各地去漫游,去西班牙、去匈牙利、去伊比利亚半岛……尽管已经不缺钱了,她的旅行仍然是穷游式的,当背包客,住民宿,因为这样才可以更近距离地感受当地的风土人情。

旅行是最好的疗愈方式,在这个过程中,你会加深对自己和世界的了解,正如吴倩莲所说:"愈看得多、知得多,愈会令自己感觉实在,一天一天地过,怎样令每天都过得不同,这是很重要的。"

从那以后,她就基本过上了半隐退的生活。几年后,她认识了后来的丈夫,交往三年后在拉斯维加斯注册结婚。他也是个热爱旅行的人,最爱潜水,两人结婚后,就从独自上路变成了结伴同行。后来她生了一双儿女,媒体偶尔也能拍到他们一家人出游的照片。

有粉丝为她的退隐江湖扼腕叹息,事实上她退出电影圈,一半是时势使然,一半也和她的性格有关。吴倩莲对时势认识得很清楚,她说过一句很经典的话:"不是我遗忘了香港电影,而是香港电影遗忘了我。"这话有些伤感,可确实说出了事实,被香港电影遗忘的,又何止她一人。

不过对于吴倩莲本人来说,退出未必是一件坏事,她那样过于低调的个性,并不适合在名利场厮杀。1999 年,正值她的巅峰时期,她接受采访时公开表过态,说最想做个隐士,就像《走出非洲》的女主角一样,住在农场里,种种菜,养养花，等挣够了钱就去过这样的生活。

　　做个隐士，退出江湖，在浮华的娱乐圈谈何容易？可她真的做到了，若干年后，她果然过上了自己向往的生活。这样的生活也许没那么光鲜，没那么万众瞩目，但那又如何，只要她开心就好。

　　至于我们，想她的时候，就找出她的电影来看看吧，感谢那些电影记录了她最美的样子。她恬淡的笑容，依然在港片迷的记忆中如花般绽放。

邓萃雯：越老越红的可能性

鲍勃·迪伦在他那首很著名的歌里唱道：一个男孩要走过多少路，才能成为一个真正的男人。

简直是天问。答案只能在风中飘。

套用下这个句式，我们也可以问："一个女孩要走过多少弯路，才能成为一个真正成熟的女人？"

看看邓萃雯的经历，就会知道，从一个天真烂漫的女孩，蜕变为一个成熟坚强的女人，这过程是多么曲折。

邓萃雯这个人，很像她在《金枝欲孽》中扮演的如妃，经历过常人难以想象的高低起伏。每次大家都以为她要完了的时候，她又倔强地证明给大家看，她没有完，还早着呢。娱乐圈不比皇帝的后宫好混，屹立不倒的人都自有过人之处，如妃靠的是心计，邓萃雯靠的是演技，她们都是有本事的女人。

邓萃雯的演艺生涯，大致可以用"三起三落"来概括。

她成名很早，十八岁报考无线训练班，第一部戏就是女主角，以后部部戏都是女主角，起点高过同班的黎美娴、邵美琪等人。用崇尚高挑的现代人眼光来看，她算不得很美，可那个年代恰好流行香扇坠式小巧玲珑的美女，前有翁美玲，后有邓萃雯。翁美玲意外自杀之后，邓萃雯被称为"翁美玲接班人"，所有原定由翁美玲扮演的角色一律由她顶上，一时风头无二。

邓萃雯第一部担纲主演的电视剧叫《薛仁贵征东》，搭档是大明星万梓良。一部戏拍下来，万梓良迷上了这位长得古灵精怪的小姑娘，宠她宠得不得了，为了讨她欢心连当街下跪认错的事都能做。

她未免有几分恃宠而骄，当着一帮人的面叫他"老窦"（老爸的意思），有了大明星男友撑腰，她到了片场谁也不放在眼里。有次和梁朝伟一起演《侠客行》，梁迟到了一会儿，她就指责说："男主角了不起吗？让这么多人等你一个人！"浑然忘了自己也是出了名的爱迟到，有个外号就叫"邓例迟"。

少年得志伴随的往往是年少轻狂，她一举成名，但并不怎么珍惜，和TVB约满之后，心高气傲的她不愿意续约，反而觉得自己厌倦了日夜不停轧戏的生涯，于是跑到美国去念书。和万梓良也只交往了一年半，多半是两人年龄差距太大，所以万梓良一碰到年龄相当的恬妞，马上就转换目标了。

那时的女明星似乎流行去国外进修，相比选择去美国求学的陈慧娴复出时的黯淡，邓萃雯却相对幸运得多，在美国待了四年的她回到香港后，转投无线的对头亚视拍戏，一部《我和春天有个约会》从香港火到了大陆，至今仍是无数港剧迷的心头好。她真正走红，也是从这部戏开始。

拍这部戏的时候,邓萃雯已经三十岁了,可她饰演的姚小蝶天真活泼,笑起来眉眼弯弯,眼神清亮,浑身都是浓浓的少女气息。有一张剧照,扎着马尾的姚小蝶回头看着吹萨克斯的家豪(江华饰),粉面含春,眼睛里像汪着一泓水。

那种神情,不是演出来的,而是自然流露出来的,一看就是个正处于恋爱中的女人。众所周知,拍摄时男女主角戏假情真,绯闻传得沸沸扬扬,都说邓萃雯恋上了有妇之夫江华。

她会喜欢上他一点儿都不奇怪,年轻时的江华英俊潇洒,站在那里就有股西关大少的气质,香港的男星那么多,我总觉得只有他和郑少秋最当得起"风流倜傥"四个字。

狗仔拍到江华连续六夜出入邓萃雯的香闺,即便如此,也没有拍到什么香艳的照片,如果当事人双方都极力否认的话,这桩绯闻很快就会烟消云散。偏偏在当年 TVB 的年会上,邓萃雯喝醉后借酒当众向江华倾吐爱意,还抓住情郎的手不放。

她以为他会像自己这么勇敢,没想到他果断地选择了站在妻子麦洁文这边,在记者招待会上,他和麦洁文十指紧扣,公然宣称是她先勾引他的。

可以想象邓萃雯当时的愤怒,在她后来的自述中,明明是他先向她吐露婚姻是如何不幸,婚姻中的他是如何不快乐,让她误以为自己是拯救他的那个人。誓言还在耳边,他却反过来指责她是个狐狸精。

被宠惯了的她哪里咽得下这口气,发誓即使要耗尽家财,也要和江华夫妇将官司打到底。当然,就像所有狗血的三角关系一样,最后官司还是不了了之。

这段绯闻最后以两败俱伤告终,江华和邓萃雯双双人气下滑,唯一的赢家看似是原配麦洁文。可后来江华星途不顺,一度患上抑郁症,全靠麦洁文为人补习养家。邓萃雯经此打击后，再也无心在圈中战斗下去，她和很多人一样，有了钱就想买名牌、买好车、买豪宅，梦想过上一种人人羡慕的成功者的生活，于是花掉多年拍戏积蓄的钱去购买了麦当奴道上的千万豪宅。那房子确实满足了她的虚荣心，就像她所说的那样，有精美的木头窗框，有大大的落地窗，很像日剧《悠长假期》里木村拓哉住的那间屋。

结果一场金融风暴，让她从美梦中醒了过来，房子一夜间变成了负资产。她失业在家，还得每个月还八万块的房贷，压力大得随时要崩溃。那是她生命中的最低谷，她自己后来都说："1998年是我人生中的一个垃圾时刻。"

换作其他人，可能早崩溃了。可她是邓萃雯啊，咬碎银牙往肚里吞的坚韧双鱼女，凭着一股打也打不死的小强精神，她低价卖掉了房子，转身又杀回了演艺圈。

等待她的不再是喝彩，而是倒彩。给她演的角色也不再是主角，而是女二、女三甚至女N号。一个三十多岁的女演员，没有强大的背景，也没有出众的美貌，还有过港人不屑的"前科"，这样一个人，谁都有理由看死她。

她倒也挨得住，老老实实地演着她的女N号，不再虚荣，也不再年少轻狂。大家都以为她过气了，没想到她居然能够凭借《金枝欲孽》中的如妃一角再次咸鱼翻身。

"如妃"这个角色，本来是没人愿意演的，戴的头饰最重，戏份又少，角色也不讨喜。可她二话不说接了下来，经历了这么多事，她早已明白，今时今日，早轮不到她来挑角色了，她能够做到的，无非是演好落到头上的每一个角色，不管是主角，还是配角。

事实证明,机会掉到她头上的时候,她再也没有辱没过它。为了演好如妃的霸气,她特意找来刘晓庆主演的《武则天》细细观摩,还给尚在监狱中的刘晓庆写信鼓励她,两人后来还成了好友。

凭着"大杀四方"的如妃,她重新又站到了风口浪尖上。如妃红到什么程度呢? 走到街上,会有市民向她行礼;大闸蟹上市时,精明的档主分别将蟹冠名为"尔淳蟹""玉莹蟹""如妃蟹",其中"如妃蟹"的身价最高;那年的TVB年会上,黎姿以"玉莹"一角爆冷夺奖,观众大呼不服,写信给TVB高层投诉说他们"罔顾民意",而民意所向,自然是饰演了如妃的邓萃雯。

她从以前的"邓例迟""狐狸精"变成了人们喜爱的"雯女",只因为她实在是演技精湛,港人大赞她"演咩似咩"。如妃之后,她又一口气演了《巾帼枭雄》《义海豪情》,连拿两届视后,保持纪录至今无人能破。说起来,这两部片子开始也并不被人看好,可架不住她演得实在太好,结果收视大破40点,她终于长长地吐出了一直压抑在心头的浊气。

这一行吃的是青春饭,很多女明星都是二十来岁走红,之后就过气了。邓萃雯却创造了一个奇迹,她二十岁时还只是有点儿红,三十岁时比较红,四十岁时终于大红大紫。别的女人如水,年深日远难免由清澈变得浑浊,她却像酒,随着岁月的流逝而越来越香醇,味道越来越醇厚,有了时光的香气。

都说她幸运,她的确是幸运,可光是运气好,她走不到今天。运气背后,是她过人的实力和超人的意志力,正因为百折不挠,她才有机会迎来自己的柳暗花明。

回顾过去的浮沉,她说:"做人要开心接受任何阶段……我十八岁就开始做演员,当时有的只是青春,其他的都不懂,也很任性;到了三十岁,开始有资历，也更懂得该选择过怎么样的生活，以及要在什么地方努力；四十岁我遇到了我最满意的角色——《金枝欲孽》中的如妃。三十岁时我经历了很大的困难和低潮，沉淀好后，我开始变得沉稳、知性，人也升华了，这是年轻时没得比的。"

告别了少女时的任性懵懂，经过了青年时的执着迷茫，她终于蜕变成了如今的成熟理性。现在的邓萃雯，诠释了一个真正成熟的女人有多美，在被命运痛击之后，她终于学会了和命运和解，在经历了岁月的淬炼之后，她已变得更加温和与宽容。

某一年的情人节，单身一人的她在微博上说："能做自己的情人比等一个情人实际得多。"对于以前的执着，她早已放下，多年以后，当江华终于说出"当年是真爱，没有后悔过"时，她却淡淡地回应说："那是迷恋，不是爱。"

如今的她转战内地，偶尔拍点儿对胃口的戏，主角也好，配角也罢，她早就无所谓了。"现在的确是最好的我，"她说，"我深信，未来的我一定会更好。"

姑娘们，看到邓萃雯现在的状态，你是不是会发现，其实变老并没那么可怕，其实成熟也并不是一件什么坏事。成熟也许不能帮你回避掉生命中的问题，但能够提高你解决问题的能力。只有真正成熟了的女人，才有足够的承受力，才能够在命运的洪流下，尽量做到宠辱不惊，就像已经百炼成钢的邓萃雯。

宣萱：像少女一样去恋爱

很久没拍戏的宣萱2017年又有新作了，片名就叫作《不懂撒娇的女人》。年过四十的她在里面扮演一个职场单身女魔头，对闹失恋的下属说："女人没男人不会死，男人会骗你，工作不会，好像我这样，嫁给了工作，这样不是更有尊严吗？"

真是字字铿锵，关键是这话由别人来说未免有些矫情，可由她嘴里吐出则相当有说服力。

因为她是宣萱啊。

宣萱在《刑事侦缉档案Ⅳ》中扮演的心理学家武俏君让我印象深刻。"飞君恋"堪称港女爱情的范本。一开始，武俏君对徐飞是很主动的，不顾他仍惦记着前女友芊芊，仍然飞蛾扑火般投入到这段感情中去。她的热情终于融化了他的冷漠，可到了最后，前女友芊芊从天而降，俏君了解到她为徐飞做出的牺牲后，忍痛退出成全了他们。

最后一集中，俏君对来找她的芊芊说："我永远不会爱一个人超过自己。"

这就是典型的港女对待爱情的态度。她们始终保持着自己作为一个完整个体的独立性，哪怕再爱一个人，也不会失去这份独立。她们由始至终都把爱情的主动权握在手中，在爱一个人的时候能够主动出击，在不得已时也能拔剑斩情丝，就像俏君那样，尽管她是如此舍不得徐飞，但还是笑着对他说了再见，直到转过身去，才忍不住掉下泪来。

太过坚强独立的女人，往往会成为被辜负的那一个，因为男人总是误以为她们没那么需要自己。她们确实不太懂得如何向男人撒娇，就算懂得，也并不愿意。

现实中的宣萱，和她扮演过的那些角色一样地坚强独立，也一样地情路多舛。

她演职业女性演得那么好，因为她本身就很有底蕴。她出身优渥，父亲最大的爱好是收藏艺术品，母亲和陈方安生是多年好友。

宣萱十三岁就被父母送去英国留学，她说自己不爱读书，可人着实聪明，为了给父母一个交代，拿到了顶级名校帝国理工大学的学士学位。专业是该校最牛的工程学，选这个专业纯粹是因为初恋男友是学工程学的。

大学期间，她被星探看中拍了个广告，TVB 高层一眼相中了这个身材高挑、外形出众的女学霸，将她招入旗下。当时的 TVB，可以说是群芳荟萃，汇集了各个类型的美女，温婉型的有关咏荷，明艳型的有郭可盈，妩媚型的有郭羡妮，靓丽型的有蔡少芬，唯独缺少一款知性型的。

而宣萱和差不多同期的陈慧珊弥补了这一空白。论外形，她们或许不如蔡少芬等人漂亮，但胜在拥有不俗的知性气质。宣萱比陈慧珊外表要亮眼一些，戏路也广一些，可以鬼马精灵，也可以洒脱大气，偶尔还能娇俏可人。

这样难得的女演员，自然受到了TVB的力捧，她几乎一出道就演女主角，还曾获得过TVB最受观众喜爱的女主角一奖。高峰时，她和蔡少芬、陈慧珊、郭可盈并称为"TVB四大花旦"。

由于从小在英国长大，宣萱对国内的人情世故可以说一窍不通，说话耿直的她得罪了不少同行的女明星，甚至有人叫她"是非精"。她倒也不以为忤，对这个花名坦然接受。其实很多时候她和同行发生冲突，无非是因为她爱较真。比如她相当守时，就受不了别人迟到，曾公开指责张可颐爱迟到，两人一度闹翻，多年后才相逢一笑泯恩仇。

这样爽直的性格不受同性欢迎，却让她赢得了不少异性的青睐。她的圈中好友大多是男明星，和她合作过的男星几乎都成了她的哥们，对她赞不绝口。

古天乐和她先后演过三次情侣，至今仍是港剧迷心中念念不忘的"最佳屏幕CP"，他们交情很好，每每有媒体说宣萱的不是，古天乐总是站出来为她说话。

和她在《流金岁月》中相爱相杀的罗嘉良，一度曾经和她传过绯闻，获视帝后头一个感谢的人就是她。

欧阳震华也说宣萱是和他最合拍的女演员，获奖后将她高高举起，开玩笑说她是给自己最好的奖品。

宣萱和这些哥们之间友谊地久天长，可和交往过的那些男友却总是不能走到最后。

她最广为人知的一段情，是和张卫健。他们在一起时，一个正是事业上升期，一个却处于事业瓶颈期，她觉得无所谓，男方却接受不了这种巨大的反差。

他们分手后，媒体暗指宣萱是在张卫健最失意的时候离开他的。对此，宣萱一句话也没有为自己辩解，倒是张卫健忍不住在节目上说根本没有这回事，当时是他自觉配不上她而提出分手，理由是"因为宣萱值得更好的男人"。

多年后，提起宣萱来，张卫健仍然承认，她是自己除了妻子张茜之外最爱的女人，可爱又如何，他最后娶的还是别的女人，愿意无条件牺牲自己来支持他的女人。以宣萱的个性，当然不会满足于做一个"张卫健背后的女人"，她要的爱，是以一棵树的姿态，站在男人的身旁与男人并肩而立，可惜男人们往往更需要攀缘的凌霄花来满足自己的虚荣心。

张卫健之后，宣萱和荣文瀚展开了六年恋情，这次是富家公子、豪门世家，两人在出身方面倒是匹配。宣萱是那种很受豪门欢迎的女明星，家世好，学历高，身家清白，两人也曾大方公布恋情，甚至一度传出婚讯。

关于分手理由，宣萱照旧缄默，她说对方是圈外人，隐私理应受到保护。直到很多年以后，她才对媒体半开玩笑地说，自己在三十多岁时原本有嫁入豪门的机会，可男友要求她放下工作当全职太太，她的反应是当即逃跑了，因为还没有准备好。

也许宣萱最初吸引男人的，就是她的独立，可最终吓跑他们的，还是她的独立。对于那些有着隐性大男子主义的男人来说，他们的世界封闭而狭窄，容不下一个太过独立的女人。

那之后她还交往过一些男人，有意大利的，也有南非的，这样一段段恋爱谈下来，她转眼就四十多岁了，还是一个人。父母也不再催她结婚了，会主动说，如果挑不到好的，就不要结婚了，但是会催她生子。于是她笑着对记者说，要找古天乐借精生子。老友罗嘉良听了调侃说：为什么不找我借，难道我不如古仔帅吗？

有这样一帮会说笑的老友，人生倒真是不会寂寞。宣萱是那种很懂得享受生活的女人，近年来她很少拍戏，而是忙着收养流浪狗、和朋友一起潜水寻访海底沉船、周末陪爸妈打打麻将。

她对感情的态度早已变得随缘，但仍然相信爱情。她不止一次说：即使在人人惧怕的年龄，也要像少女一样去恋爱，选一个对的人。

对于她这样的港女来说，爱情是很重要，但人生除了爱情外，还有很多别的选择（武俏君语）。爱情来了固然好，没有来的话，一个人也能过得精彩。

毕竟，做人最重要的是开心嘛。

邵美琪：情已逝，恩犹在

"假若他日重逢，我将何以贺你？以沉默以眼泪。"

拜伦的这句诗很美，堪称《致前任》的范本，可是没有几个人能够做到，所以才会有那么多极品前任在分手多年后仍然咬住对方不放。

这方面郑伊健要幸运得多，因为他遇到了一个风度绝佳的前女友，尽管他辜负了她，她却绝口不出怨言，以高贵的沉默，捍卫了他和她的尊严。

这位中国好前任就是邵美琪。

提到邵美琪，很多人联想到的就是"过气女星""郑伊健前女友"这样的字眼。其实对于我们80后来说，她曾是惊艳了人们的香港女星之一。

年轻时的邵美琪，生着一张让人过目不忘的脸，轮廓鲜明，五官立体，眼窝微微下陷，一双眼睛幽深得犹如落入深潭里的星星。我还记得她在《剑魔独孤求败》里饰演一个名叫冷紫嫣的女子，感觉她的外形和这个角色的名字如此贴合，那么冷，又那么艳，全身笼罩着一种"生人勿近"的气息，如同斜阳下一抹清冷的紫烟。

她长得有点像混血儿，不是每个人都能够 get 到她的美。幸好那时候的TVB 够包容，懂得根据每个女星的特质，打造适合她们的角色。《第三类法庭》就是为邵美琪量身定做的一部戏，她在里面饰演的蛇蝎美人韦海怡，倔强，冷酷，略微有些神经质，尽管后来黑化了，但至今还令许多港剧迷念念不忘。

见过她年轻时的长相，才会明白为什么郑伊健在片场见到她的古装扮相时惊为天人。初相见时，她在 TVB 风头正健，在《义不容情》《今生无悔》等多部戏里都担纲女主角，和温兆伦组成了最佳 CP。而郑伊健呢，还在各种电视剧里打酱油，见到心目中的女神只敢默默仰慕，不敢靠近。

她那时正在谈恋爱，男朋友是戚其义，圈内有名的金牌监制，TVB 的神剧《创世纪》《金枝欲孽》《天与地》等都是他监制的作品。毛头小子郑伊健，自然不敢和金牌监制戚其义抗衡，据说他暗恋了她很多年，直到后来因戚其义忙于工作，和邵美琪感情转淡走向分手，他才敢向她表明心迹。

还有种说法是郑伊健一直不敢表白，最后是邵美琪按捺不住，主动捅破了这层窗户纸。对于大家说她"女追男"，她根本无所谓，至于人们所说的名气悬殊，她更是没放在心上。

外表看上去冷漠的人，往往内心积聚着更加炽烈的情感。看过她演的电视剧就知道，她扮演的大多是那种外冷内热的痴情女子，这正是她本人的写照。她从小缺爱，父亲是海员，母亲忙于应酬，小时候她经常被妈妈丢在家里，唯一的伙伴就是家里的电视机。长大后的她性格有些孤僻，不爱说话，不爱和媒体打交道，可一旦认定了哪个人，就会付出双倍的真情。

她对郑伊健就是如此，她比他大两岁，平常也像姐姐一样呵护着他，熟悉他们的人都说她宠男朋友宠得有点儿过分。她当时正如日中天，却甘愿放下手头的工作，绕很远的路买他爱吃的烧鹅，体贴地送到片场。她还常常开车去接他收工，有人说她在这段感情里，扮演了一个本应由男朋友扮演的角色，她听后一笑了之，依然宠男朋友如故。她就是这样，喜欢一个人就忍不住对他好，甚至好得有些过分。

郑伊健也没有辜负她对他的用情，他们在一起的七年里，他对她的好是有口皆碑的，人送外号"绝世好男人"。相传有次他拍哭戏，在片场怎么也哭不出来，导演就对他说："你想象一下假设是邵美琪病重离世，你会如何？"他顿时哭得泣不成声，打动了片场所有人。

那几年里，他们事业发展的势头逐渐掉转了过来，郑伊健走的是上坡路，凭着《古惑仔》系列风靡了整个华人圈，邵美琪却患上了肝炎，又与经纪人不和，慢慢减少了工作量，安心做他背后的女人。

她没那么红了，人也消瘦得厉害，不复往日美貌，无数人唱衰这段姐弟恋，而他，坚定地站在她身边，买房子写她的名字，还承诺说："我会照顾邵美琪一生一世。"

说这句话时，他一定是真心的。那时他是当红炸子鸡，外形又如此俊朗，爱慕他的女孩多如过江之鲫。一次拍戏时，和他搭档的性感女星挑逗他说："邵美琪那么老，有什么好？不如和我拍拖吧。"郑伊健听了后，当场大发脾气，一点儿也没给那个女星面子，吓得人家再也不敢亲近他了。

可惜吓走她一个，还有千万个。天生帅气的他，命中注定有无数的桃花劫。邵美琪又不是那种剽悍的女友，没法拿出"桃花劫，我来挡"的气势，只能眼睁睁地看着男友成了众人觊觎的唐僧肉，谁都想上前来咬一口。

郑伊健也是凡人,做不到"万花丛中过,片草不沾身"。他们的恋情终究没有挨过七年之痒,在他三十二岁生日那天,当红的青春玉女梁咏琪带着胜利者的微笑从他的家门口走出,被好事的娱记们当场拍下,登上了第二天的报纸头版。

这段三角恋举世瞩目,郑伊健外号"伊面",巧的是,他的新欢、旧爱名字中都有一个"琪"字,乃至报刊生造出一个词——"双琪夺面",这几乎成了上世纪末轰动全港的一大新闻。

当梁咏琪勇敢夺爱时,可能没有想到,三个人的爱情里,原本就没有胜利者可言。"双琪夺面"的结果是三败俱伤,女粉丝恨郑伊健粉碎了她们心目中绝世好男人的幻象,他的人气急剧下滑,梁咏琪的玉女形象也严重受创。

受伤最深的,当然还是邵美琪。像所有失恋者一样,她一度沉迷到酒吧买醉。好友邓萃雯担心她,特意叮嘱相熟的记者说:"如果你们看到她酒醉后飞车,一定要阻止她。"结果记者追上去时,反而是邵美琪停下车来,提醒他们要注意安全。

这个女人,那么脆弱,又那么倔强,那么痴情,又那么清醒,面对记者的追问,始终三缄其口,口头禅就是"我唔讲"(我没什么可说的)。她大可以"弃妇"的姿态博取同情,却从来没有说过郑伊健一句坏话,反而说在一起的时候,他真的对她很好。

我相信她说的是真的。以前他爱她,是真的,后来不爱了,也是真的。可他绝不是人们口中所说的"渣男",和她分手后,他一直心怀歉疚,将价值千万的房产作为补偿送给了她,还坚持在很长一段时间内每个月给她生活费。后来他和梁咏琪分手,据说原因之一就是女方受不了他一直照顾前女友。

那段时间郑伊健的人气下滑到了谷底，一度接不到工作，整天宅在家里打游戏。作家李碧华在专栏中写道：邵美琪听说后，默默拜托圈中的前辈帮帮他，不要让他受到太多指责。李碧华感叹说，这份宽容，这份侠气，她以为戏剧中才会有，没想到在现实中能看到。她把邵美琪比做唐传奇中的霍小玉，书中霍小玉被李益抛弃了，却叮嘱帮助她的黄衫客："我伤心莫向人前说，恐坏郎君美前程。紫钗遗恨写炎凉，少提薄幸人姓名。"

　　其实，她并不像霍小玉那样薄命，他也不像李益那样无情，与其把他们的分分合合看成"痴情女子负心汉"的套路，倒不如当成"情已逝，恩犹在"的现代爱情故事。

　　邵美琪一生情路坎坷，至今仍是孑然一身，幸运的是，作为一个最佳前女友，她也拥有一个最佳前男友，就是前面提到的戚其义。

　　当所有人都认为她会一蹶不振时，戚其义向她伸出了援助之手。他邀请她在他监制的《创世纪》中出演，之后，凡是在他监制的戏里面，都可以看到邵美琪的加盟。托他的福，邵美琪总算有戏可拍，有工可开，五十多岁仍然能演戏份不少的角色。他说当年恋爱时自己忙于工作，对邵美琪关心不够，等到她需要帮助时，自然义不容辞。

　　有人猜测他们之间余情未了，事实上，两个单身的人没有再旧情复燃。他们之间当然有情有义，但这份情义，早已超越了男女之情，成了江湖儿女之间的大爱。难怪香港会出产《古惑仔》，这个地方盛产江湖儿女，把恩义看得比情义还要重要。这又是另一则"情已逝，恩犹在"的江湖传说。

　　又一个七年之后，郑伊健和梁咏琪最终还是分手了，他最后娶的女人叫蒙嘉慧，脸部线条有些硬朗，乍一看，颇有点邵美琪年轻时的风韵，只是邵美琪当年还要美得多。从头到尾，也许他喜欢的都是同一类型的女人。

他们结婚那天，从来没有玩过社交媒体的邵美琪发了条微博："祝福他们幸福快乐！"这是她发过的第一条微博，也是唯一一条微博。这一天，距离他们分手，已经过去了十四年。她心里仍惦念着他，尽管她从未说过。

曾经相爱，即是永远。当你的身边已不再是我时，我唯一能做的，就是送上我的祝福。她用她的大气和深情，诠释了一名前任的最佳修养。

沈殿霞：人生只不过是一连串体验的总和

浏览微博，看到一个情感专家总结男人对女人说过的三大谎言，分别是：爱过，不胖，以及你最美。

身为女性的我不禁哑然失笑：可不是吗，陷入恋爱中的女人，谁没听过男人几句天花乱坠的谎言呢？爱情就像重感冒，人一热恋就容易被冲昏了头脑，于是，一个成了说谎高手，擅长用蜜糖一样的谎言来敷衍对方，一个成了白痴、傻瓜，明知道对方在说谎，却也舍不得去戳穿点破。

如果说"不胖""你最美"只是甜蜜的谎言，"爱过"这样的谎言则听起来分外凄凉。就像张爱玲笔下三十年前的月亮，隔着那么长的时光往回看，再好的月色也不免带些凄清。

"爱过"这两个字原本就让人心酸，不管是不是真心话，都代表着你们之间的感情已成为了过去式。爱没爱过又如何，一切都过去了。对于曾经的恋情，男人总是爱犯健忘症，过去就过去了，不需要再纠结。放不下、割不断的往往是女人，哪怕最后一拍两散，哪怕他已有了别的女人，她还是执着于他有没有真正爱过自己。

　　沈殿霞就是这样一个执着的女人。

　　她当年有点儿像现在的贾玲，胖胖的，走"谐星"路线，在综艺节目里大肆搞怪。主持的一档节目《欢乐今宵》收视三十年不倒，是当之无愧的香港综艺界一姐。

　　尊敬她的人都要称她一声"肥姐"，喜欢她的人则亲昵地叫她"肥肥"。不得不说，这个世界对胖子尤其是女胖子多少是有些偏见的，胖子的一生，通常都是被嫌弃的一生。沈殿霞却不一样，她虽然胖，可是胖得可爱，胖得有喜感，而且她放得开，不介意拿自己的胖说事，不介意被调侃，她是敦厚的，也是娇憨的，就像一朵桃花喜气洋洋地盛开在春天里，俗是俗了点儿，可谁见了都忍不住多看一眼。

　　那时的香港观众喜欢她，就像今天的观众喜欢贾玲一样真切、热烈。前辈爱提携她，她在邵氏拍片时，邵逸夫特地来到片场探班，嘱人照顾好这个"小谐星"。同辈艺人也爱和她亲近，邓光荣、谢贤、秦祥林等六人拉着她一起义结金兰，组成七兄妹。

　　沈殿霞是个很有自知之明的人，在香港娱乐圈，她有"国际警察"的美誉，因为姐妹们总把各种闺中隐私跟她讲，男艺人也都把她当哥们儿，拉她出去喝酒排遣压力，夫妻间有什么矛盾也找她调解。个中奥妙，她很清楚，无非是"我想大概是我比较豪爽，外表又不出众，大家面对我时都比较有优越感，不当我是竞争对手，愿意卸下心理防御把我当自己人。"

　　作为全香港的开心果，她可以说是集万千宠爱于一身。她得到了她想要的一切，要什么有什么，名声、金钱、江湖地位接踵而来，除了爱情。

没办法啊，谁叫她胖呢，一个胖成那样的女孩子，一个被叫作"肥肥"的女孩子，在人们眼中通常是没有性别色彩的，男人们喜欢她、亲近她、乐于和她称兄道弟，把尊敬和友爱给了她，却把仰慕和怜爱给了那些腰细如柳、风一吹就能倒的苗条女孩。

所以当她和郑少秋传出绯闻时，几乎所有人都大跌眼镜：肥肥和秋官？怎么可能！这两个人，就像火星和地球之间的距离那么远。

郑少秋，江湖人称"秋官"，演了一辈子的古装美男子，穿一身白衣、拿一把折扇就是踏着月色而来的楚留香；换成清朝的长袍马褂，戴个瓜皮小帽就成了绝顶风流的乾隆皇帝。他曾经唱过一首歌叫《摘下满天星》，那时他已经不是太年轻了，可只要你一见他，就会觉得，他就是歌中那个俗世翩翩的少年郎。

这样的绝世美男，身边自然珠环玉绕，能配得上他的，一定也得是个绝色佳丽才行。沈殿霞爱上他一点儿都不奇怪，他的容颜，很少有女人能够抗拒，奇怪的是，他居然也响应了她的热情。

如果联系到当时的背景，就会觉得貌似不合理的事情，其实自有合理的一面。那时他还只是个没什么名气的小生，她已经是坐拥许多资源的娱乐圈大姐。最初，她只不过是替好友去送信，她开始还以为是情书，直到他看了信后躲在厨房里哭，才知道原来是分手信。看着那样一个男人，居然也会被人抛弃，也会为情所伤，她不知不觉中无端就动了心。

这一动心就不可收拾了，那年她三十岁，连正经的恋爱都没怎么谈过，天上突然掉下了个如此风流倜傥的男人，她就算拼尽所有也要接住这好运。而郑少秋呢，遇上她时正逢失恋，人在这种情况下总是格外脆弱，于是两人就这样一拍即合了。

一开始，她也许并没有过多的奢望，只是想好好地享受一下恋爱的甜蜜。

可女人在感情上没有不贪心的，慢慢地，她就生出了想要和他天长地久的念头。她为他煲汤水，帮他去拉资源，穿着情侣装和他一起上杂志封面。

可以说，她在他早期事业的发展上功不可没，有了她的牵线，他才有了更多机会接下那些知名的剧集。他们同居十年，成就他古装偶像地位的《倚天屠龙记》《楚留香传奇》等剧都拍于此期间。据传曾有黑道的人找上门来威逼他拍戏，这时候，是她勇敢地站出来说：我是他女人，你找我说话。

他呢，我相信最初也是爱过她的，并不像很多人臆测的全是冲着她的江湖地位去的。他一出道就在《书剑恩仇录》中一人分饰三角，凭他的外形和演技，即便没有她的帮衬，他也未必不会飞黄腾达，看他离婚后独力打开台湾市场就可了解到他的实力。

在我看来，他并没有人们想象的那样不堪。但不可否认，他对这段感情投入得没有那么多，自始至终都有些犹疑，不像她那么坚定。可能就是看出了他的犹疑，她身边的亲朋好友们几乎一边倒地反对他们相恋，她的那些结拜哥哥们，秦祥林、邓光荣等不止一次对她说：肥肥，他这是要利用你！

不得不说，只有男人最了解男人的心理，同样是男人，秦祥林他们早就明白了，男人都爱美女，对于他们来说，情义千金不敌胸脯四两，你再爱他又能如何？

她却听不进哥哥们的劝告，一心只想和他比翼双飞，并如愿在四十岁时嫁给了他。她相信，她一定可以用她的贤惠，用她的付出，用她水滴石穿的柔情来赢得他的心。

可他却渐渐有些打退堂鼓了，不够爱她是一个原因，另一个原因是压力太大了。都说大哥的女人不好做，事实上大姐的男人更不好做。全香港的人都盯着他呢，他若胆敢有一点儿不轨之心，就要被千万人唾弃。据说有次还是新人的赵雅芝拍戏时和他开了个玩笑，事后就被人警告：那可是肥姐看重的男人，你小心点儿！

察觉到他的退缩，她挽回他的方式和寻常女人并没有两样，那就是用孩子来留住他。她不顾自己有糖尿病等不适合生育的疾病，通过人工授精怀上了孩子，并在四十二岁的高龄产下一女。

结果，女儿欣宜生下来才八个月，他们就离婚了。他被坐实了出轨，如大众一直期待的那样。而她，为了这段感情已经牺牲了太多，不想连最后一点儿尊严也被牺牲掉，最后的结局只能是离婚。

她决定放他一马，放他去和那个叫官晶华的女人生活。江湖传说她有着通天的本事，可以在黑白两道通吃，如果这是真的，只能说她对他真的仁慈，至少她没有利用自己的人脉，对他赶尽杀绝。

离婚后的那几年，是她人生中的一个灰暗时刻。她患了抑郁症，头发大把大把地掉，生病住院时身边连个倒水的人也没有。

香港人心疼她，为她抱不平，她不出头，自有千千万万人替她出头。于是矛头瞬间对准了郑少秋，那个曾受众人崇拜的"秋官"，一下子成了劈腿出轨的"渣男"。香港娱乐圈彻底抛弃了他，他只得避走台湾，很多年后才静悄悄地重回香港，可"渣男"这顶帽子估计要伴随他终生，再也摘不掉了。

她会当他是"渣男"吗？我想未必。不然的话，她也不会在离婚之后，再也没有过第二个男人。毕竟，被他那样的男人爱过，是很难再爱上其他男人的。

离了婚的她，哭过、痛过、病过，也抑郁过，但最终活成了"失婚妇女"的典范。重回荧屏的她，仍然是人见人爱的开心果形象，主持节目，演喜剧，照顾朋友，一手养大女儿，从她表现出来的乐观和豁达来看，她的确配得上香港人的喜爱。

所有人都以为她放下了，只有她自己知道并不是，很长一段时间内，她不准身边人提他的名字，谁提她就翻脸。她连女儿都不大让他探访，独力一人将欣宜带大，好在欣宜全然是她的复制品，像她一样胖乎乎的，也像她一样乐观、开朗。

直到很多年以后，当打抱不平的围观者们几乎都已忘掉了这段陈年旧事，他来上她的节目，友好融洽地谈了许多不痛不痒的话题后，她终于忍不住问：我有个问题想问你很久了，今天借这个机会问问你，你只需回答 Yes 或 No 就行，究竟多年前，你有没有真正地爱过我？

这个问题，一定盘旋在她心头很久很久了，以至于她明知道已经事过境迁了，还是忍不住问了出来。

他迟疑了一会儿，终于给出了"Yes"的答案。

那一刻，不仅是她，包括围观群众如我，也大大地松了一口气。我们都清楚，他也许是骗她的，可那有什么关系，好歹他还愿意骗她，愿意在数百万观众面前给她面子。

这之后她才真的放下了，和他维持着平淡如水的朋友关系。欣宜毕业礼时，他会来观礼；她生病时，他也会来探望。

人们一直不原谅他，直到她因癌症去世后，他顶着压力来参加她的出殡仪式，邓光荣还在葬礼上毫不客气地指责他，说他对不起她。

其实又何必呢。

一切都过去了。她生前早已谅解了他，在网上至今流传着一篇她离婚多年后写的文章，题目就叫作《感谢前夫郑少秋》。在文章中，她说感谢他来参加女儿的毕业典礼，感谢他让女儿有了真正快乐的笑容。

我想，他一定也带给过她真正的快乐，那些飞扬的岁月里，因为有他，才有了不一样的色彩。他让她痛痛快快地爱过，也让她真真切切地痛过，无论悲喜，那都是人生难得的体验。人生说到底，只不过是一连串体验的总和，疼痛和真爱，都是难能可贵的经验，丰富了她的人生。

她肯定也怨过他，恨过他，可这一切，在她问出那个问题，在他说出"Yes"之后，也许就已经烟消云散了。

所以啊，男人们，当一个女人苦苦追问"你有没有爱过我"时，你一定要回答说"Yes"，因为她根本不想听到否定的答案；至于女人，执着的女人们，也不要再追究他说的究竟是真是假，当他说出"爱过"两个字时，这已经是他能够给予你的最后的温柔。

陈晓旭：拼尽全力去盛开

旅居北京的时候，特意去了趟大观园。偌大的一个园子里，只有三三两两的游客，大多是阿姨辈的人物，难得见到个小一点儿的姑娘却只顾着嘻嘻哈哈地自拍。可见年轻人是真的不大读《红楼梦》了。

曾几何时，这里是红迷们的朝圣之地，八十年代《红楼梦》播出后，一年就接待了几百万的游客。到如今，这里就像宝玉出了家、黛玉归了天之后的情景，再无欢声笑语，只剩一片芳草萋萋、斜阳晚照。

大观园确实修得精致，宝玉住的怡红院屋前屋后都种满了花，门前一边种着海棠，一边种着芭蕉，颜色搭配得"怡红快绿"，倒也符合他护花使者的身份。迎春住的缀锦楼四面环水，正逢初夏荷花盛开，坐在这里隐隐可以闻到荷香。

最难忘的，还是潇湘馆，这可是林妹妹住过的地方啊。这里胜在清幽，屋外有万竿翠竹，远远走来，就像书中所说的一样"龙吟细细、凤尾森森"，离得近了，只见触目皆碧，到处都是绿意。林妹妹住在这里，每天听着风过竹林的声音，一定有助于诗情吧。

我在门外的栏杆处坐了很久，舍不得离去。摇曳竹影间，仿佛走来了一位弱柳扶风的少女，她是如此纤弱，又是如此美丽，眉宇间像笼着一层烟雾。

都说一千个读者就有一千个哈姆雷特，可每当我想起林妹妹来，她就是陈晓旭的样子。

每个人来到世间都有她的使命，上天造就了陈晓旭这样一个人，仿佛就是为了派她来演林黛玉的。

1983年，《红楼梦》在全国选演员，十八岁的陈晓旭给导演王扶林寄出一封信，信中放了一张照片，照片背面还附着她写的一首小诗：

我是一朵柳絮，
长大在美丽的春天里。
因为父母过早地把我遗弃，
我便和春风结成了知己。
我是一朵柳絮，
不要问我的家在哪里。
愿春风把我吹送到天涯海角，
我要给大地的角落带去春的消息。
我是一朵柳絮，
生来无忧又无虑。
我的爸爸是广阔的天空，
我的妈妈是无垠的大地。

据说在信里她宣称"我天生就是来演林黛玉的"，不怪她有这样的自信。首先她长得就像黛玉，那样古典的瓜子脸，那样清丽的眉眼，一看就宛如从大观园中走出的女子。她性格也像黛玉,从小就孤单敏感,只爱一个人静静地看书,就像她自己说的那样"十九年来,我一直像蚕儿一样躲在自己编织的世界里做自己故事中的女主角,全不管外面是个怎样的世界。"她最喜欢的书是《红楼梦》和《简·爱》,她也是当时《红楼梦》选角中唯一一个读过原著的姑娘。

最重要的是,她似乎生来就和黛玉有缘,母亲怀她的时候做了一个梦,梦见有个白胡子的老头对自己说,你若生了个女儿,得起名叫作"茱"。"茱"的意思是有香气的草木,而林妹妹的前身,恰恰就是河畔的一株绛珠仙草,常常自许为"草木人儿"。父亲觉得"茱"字太冷僻,就给在清晨出生的她取名"晓旭",希望她能拥有朝阳一样明亮绚烂的人生。

可她天生忧郁,十四岁就写出了《我是一朵柳絮》那样悲悲切切的诗来,巧的是,黛玉正好也是以"咏絮"而闻名的。她笔下那飘零在春天里的柳絮,多么像黛玉在咏絮词中所写的那样:嫁与东风春不管,凭尔去,忍淹留!

凭着这份古典气质,也凭着这份才情,她打动了导演,顺利进入了剧组的演员培训班。

那时候的选角,不像现在光看相貌,也得看心性、气质。培训班一开始,还没有定谁会演哪个角色,陈晓旭偷偷问同屋的女孩:"你看我应该试哪一个?"女孩坦率地回答说:"你不应该试小姐,你看上去发育还没成熟。"

导演王扶林也婉转地问过她:"如果不演林黛玉,换一个其他角色演,怎么样?"

她坚定地说:"我就是林黛玉,如果我去演其他角色,观众会说林黛玉去演其他角色了!"

选角开始了,她的成绩并不理想,排在黛玉候选人的第三名,前两名分别是张蕾和张静林。论楚楚可怜，她不如张蕾；论容貌秀丽，她也不比张静林强，可胜在综合素质出众，剧组美女虽多，却几乎没有一个人像她这样集美貌、才华、聪慧于一身。

果然，她将前面两位候选人都PK了下去，张蕾演了秦可卿，张静林演了晴雯，她则如愿以偿演了黛玉。

《红楼梦》拍了三年，那三年，是她人生中最美妙的时光。正如她在《梦里三年》中所写的那样，"我拥有无数个美丽的梦，最美的一个是从这里开始的"。

拍摄时，为了更加入戏，每个人都在有意接近那个逝去的时代。演小姐的整天在一起学习琴棋书画，演丫鬟的则练习请安、跪拜等各种礼节。为了演好林黛玉，陈晓旭把整个身心都沉浸了进去，她跑到中央音乐学院拜师学古琴，一曲《流水》弹得像模像样。她用戏中的台词和同伴们对话，笑被毛毛虫吓得从树上爬下来的姑娘"原来也是个银样蜡枪头"。

导演让演宝玉的欧阳奋强多和姐妹们亲近，每天设计些恶作剧来逗大家玩。于是欧阳奋强成了"整蛊"大家的恶棍，而背后的军师却是陈晓旭，她是个鬼机灵，主意最多。有一天，宝哥哥把玩笑开到了军师身上，聪慧的她一眼就识破了诡计。

她一开始还有些怯生生的，越拍到后面，就越入戏。在苏州的香雪海拍摄"葬花"那场戏时，她穿着淡蓝色的戏装走在满地落花中，哭得连肩膀都抖了起来。那一瞬间，连她自己也分不清，她到底是黛玉，还是晓旭，究竟又是为了什么在哭泣。

可再美的梦也有醒的那一天，三年后，戏拍完了，一部《红楼梦》万人空巷，她们都从无名小辈成了街知巷闻的大明星。很多人待在梦里不肯醒来,演妙玉的姬培杰改名叫了姬玉,后来真的信了佛,演晴雯的张静林为自己取了个新名字叫安雯,嫁给了著名音乐人苏越,唱了一首很有名的《月满西楼》。

她是入戏最深的那一个,戏演完了,还当自己是红楼梦中人。没什么人来找她拍戏,有三年时间,她除了演过《家春秋》中的梅表姐外,再没有接到过任何工作。她那种清高而棱角分明的性格,实在不适合混娱乐圈。那几年她过得很苦,不停搬家,经济上也很拮据,仿佛失去了依傍的林妹妹。

一次机缘巧合,她进了广告这一行,继而创立了世邦广告公司,公司接的第一笔订单是拜她的名气所赐,合作方也是红楼迷,口口声声说"相信林黛玉不会骗我的"。

她的才情和名声,确实给广告公司增色不少,她曾经给五粮春写过这样一段广告词:

她系出名门,丽质天成,秀其外而绝无奢华,慧其中却内蕴悠远;壮士为主洒泪,英雄为主牵情。个中滋味,尽在五粮春。名门之秀,五粮春。

如今,这句广告词"名门之秀,五粮春"几乎已经和五粮春这个老品牌一样深入人心了。

她的公司年营业额最高过两亿,因此她也成了人们口中的亿万富姐。知乎上有个网友在她去世后进了那家公司,发现公司里高层领导个个温文儒雅,风度翩翩,不论对谁说话,语声都低而清晰,声量从不提高,那样的企业文化,在其他公司再难找到。

我常常想，如果林妹妹生在现代，有机会出去闯荡的话，成就应该不在她之下吧。人们常把黛玉想象得过于柔弱，其实早有人指出，黛玉很有经济头脑，理应是个一等一的理财高手。

她比黛玉幸运的是，感情上她还算是顺风顺水。她结过两次婚，第一任丈夫叫毕彦君，在《大宅门》中演过白二爷。毕彦君比她大十岁，和她称得上是青梅竹马，曾有人问二十多岁的毕彦君为什么还不找女朋友，他回答说，"我在等我的小姑娘长大呢"。她参加《红楼梦》的选角，也是受毕彦君所激。拍完《红楼梦》后，他们就结婚了，可惜很快就因性格不合离婚了。

第二任丈夫叫郝彤，是个身高一米八三的帅气男生，也是她闯荡广告界的得力伴侣。他真的爱她，在她出家之后，也剃度出了家，践行了宝哥哥对林妹妹的誓言："你死了，我就做和尚去！"

在成功转型之后，多少人奉陈晓旭为"人生赢家"。可她并不快乐，她是那种喜欢追寻生命终极意义的人，在无限的繁华和热闹中仍然备感冷清。《红楼梦》中人二十年后再聚首，她始终淡淡的，不和其他演员过分亲热，在和欧阳奋强同台时，他们连拥抱都没有，可分别走下台时，两人都流下了眼泪。

她说，她还是喜欢人们叫她"林黛玉"。她那么爱美，而《红楼梦》恰恰记录了她最美的样子。这之后，就是一连串的坏消息。听说她患了乳腺癌，听说她拒绝开刀、拒绝化疗，听说她放下一切出家了。

她的病原本并非无药可医，父亲劝她做手术，她说："假如说动手术、做化疗能治好，或者是不用这个就死亡，那我选择死亡。"

演过袭人的袁玫评价她说："她是个追求完美的人，心中充满了浪漫，充满了世上一切的美好,而且她的个性里有着一种非常坚定的东西。"

这多么像林妹妹啊,她和林妹妹一样偏执,林妹妹执着于情,她则执着于完美。这样的执着在旁人看来是非理性的,她们却义无反顾。

人们爱把她和黛玉的死,都归结于宿命,其实所谓"宿命",无非是一个人的天性。人总是难以抗拒她与生俱来的天性,所以痴情的黛玉注定要以身殉情,而爱美的她注定要以身殉美。

在生命的最后关头,她已说不出话来了,亲人们在她的屋外摆满了梅花,这样她从窗户中望出去的时候,就能看到满树花开。她在花香中永远地闭上了双眼。

一朝春尽红颜老,花落人亡两不知。

若干年前,当她在一地红红白白的落花中吟出这句诗时,可曾想到,这已经预言了她一生的结局?

这样的一生,是幸运,还是不幸?如果可以重来,她还会愿意倾尽全力去演绎林黛玉,并在余生都将自己活成林妹妹的样子吗?

回到《红楼梦》的开端,青埂峰下,一僧一道告诫灵性已通凡心正炽的灵石:"凡间之事,美中不足,好事多磨,乐极悲生,人非物换,到头一梦,万境归空,你还去吗?"顽石点头说:"我要去。"

我想,如果有人问她:你这一世,注定要遭受情爱的波折、病痛的折磨,那么你还愿意去这尘世一趟吗?她一定会像顽石一样点头。

生命的意义,从来不在于结局如何,而在于经历了什么。她拥有过非常丰富的人生，就像一朵花，开的时候拼尽全力去盛开，从枝头掉下来时也干脆利落，不做过多的留恋。

她去世后，红学家冯其庸写了一首诗悼念她：

草草繁华过眼身，
梦中影里尽非真。
如今觅得真香土，
永入仙乡出凡尘。

她这一生，像做了一场梦，如今梦醒了，她也去了另一个地方。质本洁来还洁去，这样的结局，并不算太坏。

翁美玲：永远定格在最美丽的年华里

"突然身后有人轻轻一笑，郭靖转过头去，水声响动，一叶扁舟从树丛中飘了出来。只见船尾一个女子持桨荡舟，长发披肩，全身白衣，头发上束了条金带，白雪一映，更是灿然生光。郭靖见这少女一身装束犹如仙女一般，不禁看得呆了。那船慢慢荡近，只见那女子方当韶龄，不过十五六岁年纪，肌肤胜雪，娇美无比，容色绝丽，不可逼视。"

这是《射雕英雄传》（简称《射雕》）中黄蓉第一次身着女装出场的画面，每当读到这段文字时，我的脑海中总会浮现出翁美玲那张脸来。在很多人包括我的心目中，她和黄蓉、黄蓉和她，早已合为一体。

83版《射雕》分为三部，其中主题曲流传最广的是第一部的《铁血丹心》，"依稀往事似曾见，心内波澜现"，的确是响遏行云。我最喜欢的，却是第二部的主题曲《一生有意义》，曲调轻快，歌词写得缠绵悱恻："人海之中，找到了你，一切变了有情义。从今心中，就找到了美，找到了痴爱所依……"

现在看来，这首歌倒像是给翁美玲量身定做的，她短暂的一生，就是在执

着地寻找所爱之人，并将之视为人生意义的过程。

可惜，她不是黄蓉，她没有遇到将她捧在掌心的靖哥哥。

翁美玲身世凄苦，七岁丧父，父亲家中已有妻妾，身为外室的母亲没有分到任何遗产，从此母女俩失去依傍，家境一下从富裕沦为困窘。不久后，母亲远嫁英伦，小翁美玲则因为签证未办下来，只得暂时寄居在干舅舅陈景的家里，两年后才赴英国与母亲团聚。

这方面她比黄蓉要可怜多了，黄蓉虽然在襁褓之中就失去了母亲，可父亲黄药师待她如珠似宝，说她是桃花岛上的公主也不过分；翁美玲呢，自幼没有得到充裕的爱，小小年纪居然就说出了"这是个人吃人的社会"的愤激之语，可见早些年没少受过白眼冷遇。

年幼失怙使她形成了偏激、严重缺乏安全感的性格，母亲虽然疼爱她，但并不能代替父亲的地位，早慧的她一直盼望着能遇到一个十分疼爱自己的男人，曾在日记中写道："我期望盼求的只有一件，就是真挚的爱情，就是一个为我而生，也教我为他而活的伴侣。莫笑我无病呻吟，我真的感到有点儿病，只因至今还未见他出现。疼我的人儿呀，你在何方……"

在英国拿到学士学位后，二十三岁的翁美玲返回香港，参加了当年的香港小姐选举，虽只获得了第八名，却为她赢得了签约无线的机会。

第二年，《射雕》开拍，无线公开征集"理想黄蓉"，超过三千人报名，三千多人中筛选出了五位待定者，翁美玲就是其中之一。

相传"五选一"时，金庸正坐在评委席上，翁美玲灵机一动，身着古装，折了一枝柳条，一个漂亮的侧手翻落在金庸的面前，抱拳含笑道："桃花岛主之女黄蓉,拜见金大侠!"金庸见了眼前一亮,当即钦点由她来出演黄蓉。

这则传说是真是假已经不重要了,重要的是,在人们的期待中,黄蓉注定由翁美玲来出演,除了她,还有谁能演出蓉儿的俏皮慧黠、活泼明媚?

远方的干舅舅陈景闻讯后,立即写信鼓励她说:"玲儿,尽管勇往直前,黄蓉根本就是你自己!"

在扮演黄蓉之前,翁美玲也受到过很多质疑,可她在《射雕》中的精彩表演让这些质疑声一扫而空,很多人直呼她就是自己心目中的蓉儿。

对于"黄蓉"这一角色,翁美玲有着自己的体悟,她自认为"少年的我亦有着黄蓉那几分刁蛮、倔强,而且最爱撒娇。只不过年事渐长,明白了点儿人情世故,才不像从前任性,但对着相熟的人,还是改不了那坏性子。"在她看来,"黄蓉给人的感觉是冰雪聪明,娇俏可人,而且善解人意。但个人觉得她是个极其复杂的个体,而且性格非常极端;她自私、自我、野蛮、任性、主观;自己喜欢的人可以千般关顾,对不喜欢的人却不屑一顾。"

这样的剖析有一定道理,但不无偏颇之处。比如她认为黄蓉性格非常极端,可从原著看来,黄蓉虽然有任性的一面,为人处事还是相当有分寸感的,比如她得知郭靖恪守婚约决定娶华筝时,伤心之下,也没有寻死觅活,而是突发奇想,提出:你可以娶别人,那我也可以嫁别人,只要我们心里还爱着对方就行。

真正容易走极端的是翁美玲,她太爱钻牛角尖,要求的是一份绝对完美、纯粹的爱情,容不下任何杂质,黄蓉这样豁达的想法,她压根就不会有。

可以想见作为她的恋人,汤镇业可能感觉并不轻松。

只有见过汤镇业年轻时样子的人,才能明白翁美玲为什么会爱他爱到发狂。

淡定是最好的优雅

年轻时的汤镇业以帅气闻名，与梁朝伟、刘德华、黄日华以及苗侨伟并称为"无线五虎将"。我很喜欢他在《天龙八部》里扮演的段誉，一身贵气，略带忧郁，好一位浊世翩翩佳公子。

他那样潇洒倜傥，又那样温柔多情，在她刚入行时，耐心地教她演戏，在她眼睛受伤住院时，每天送上爱心汤水，连同他的软语温存。

翁美玲一下子沦陷在他的温柔里，以为他就是自己苦苦寻觅的那个人了，还特意带他去英国探亲，可见她对这段感情的认真程度。

从外表来看，他们非常登对，男的英俊，女的娇俏，堪称"金童玉女"。汤镇业一开始就是被翁美玲的活泼、娇俏所吸引的，他说"从来没有见过一个女孩子，可以笑得那么甜"。他的想法很简单，既然两情相悦，那就轻轻松松一起拍个拖。

等到两人真正在一起时，才发现真实的对方并不像自己期待的那样。她觉得他太花心，时不时会传出和其他女星的绯闻；他则觉得她太紧张兮兮，一点点小事都可以上升到要死要活的高度。加上两人都忙于事业，工作压力很大，彼此之间的嫌隙越来越大。

当汤镇业发现这段感情已无法让自己感到轻松时，他有了逃离的想法，而翁美玲挽留他的方式是故意气他：他和别人传绯闻，她就拍摄了大尺度的性感照片登上杂志封面：他和别人一起出游，她就故意接受富家公子的邀约。最极端的一次，她吞下了四粒安眠药，后又因留恋人世，打电话向医生朋友求救。

可她越是这样，他就越是想逃。终于有一次，在大吵之后，他搬出了他们共同的爱巢。

到这个时候，其实翁美玲还是对他恋恋不舍的，所以才在看到那张他和吴君如、苗侨伟以及戚美珍四人海滩同游的照片后，精神上大受刺激。那天深夜，她给他的BP机留了最后一条言，说："如果你不回复的话，就再也见不到我了。"他没有回，据他的解释是睡着了没看到。

她又给追她的富家公子邹世龙打了个电话，说活着好辛苦，等邹世龙第二天早上来到她家时，她穿着红色睡袍静静地坐在沙发上，已经停止了呼吸，家里一屋子的煤气味儿。那天的日历牌上，写着她最后的手迹：Darling I love you.

她是爱汤镇业的，这份爱至死未变。可爱又如何呢，这样沉重的爱，真的不是一个普通人能够承受得起的。

汤镇业，也只不过是个普通的年轻人，有着大多数年轻人都有的骄傲和贪玩。他的骄傲，让他不愿意总是在她面前低头，他的贪玩，则成了他花心的罪证。

他后来回忆说，得知这个消息后，他大脑一片空白，简直不敢相信。他跑到医院时，伊人早已香消玉殒。那个晚上，他在她的寓所下坐了一夜，心痛得无以复加，也震惊得无以复加，这件事已经超出了他的认知范围，在他看来，感情原本是一件很简单的事，合则聚，不合则分。

他想不明白，一个看上去有些娇弱的女孩子，怎么会拥有那么激烈的感情，激烈到真的会为情自杀。

1985年5月18日，翁美玲出殡，上万市民自发前往吊唁，梁朝伟、黄日华、苗侨伟等八人扶灵。当汤镇业出现时，愤怒的人们高喊着：打死他！

他什么也没说，只是静静地将一朵红玫瑰簪在她的头发上，拿梳子替她细细梳理，然后再将梳子一分为二，一半放在她的身旁，一半放入自己口袋。这是按结发夫妻行的礼。

从那以后，这个曾经玉树临风的男人受千夫所指，人气急剧下跌，在各种剧集里沦为打酱油的，再也没有意气风发过。

他是犯了错，可错不至死，这些年里，他承受的指责已远远超过了他本应承担的。很多年以后，苗侨伟为他鸣不平，说翁美玲自杀时他们早已分手，不是他的责任。早已结婚生子的他却淡淡地说，都已经过去了，她那么美好，自己无需平反。

距离伊人逝去，已经三十多年了，仍然不时有姑娘们为情自杀的事情发生，我想，可能是因为她们把爱情看成了人生的全部，把爱情想象得太过完美了。她们不知道，一生一世一双人只是人们对美好爱情的最高期盼，很多时候，爱情并不一定会白头偕老，爱人并不一定能从一而终。你要追求爱情，就得承受风险。就像你爱上一个人，就等于赋予了他伤害你的权利。

如果一时间想不开怎么办？我觉得这时候不妨把眼光放长远一点，想想十年后、二十年后他是个什么样子。想想看，如果翁美玲活得足够长，见到如今这个大腹便便、暮气沉沉的汤镇业，她会不会哑然失笑，心想当初怎么会为这么个大叔去自杀！

可惜，世事没有如果。当年她爱过的人早已经老去，只有她，永远定格在最美丽的年华里，笑语盈盈，尚来不及变老。

蓝洁瑛: 食得咸鱼抵得渴

二十世纪八十年代,香港有九个年轻女孩子雄心勃勃地进入了娱乐圈,她们常常一起聚会、一起演戏,被黄霑戏称为"九龙女"。那时九个女孩感情很好,曾相约如果以后老了嫁不出去,就干脆一起住。她们分别是:刘嘉玲、张曼玉、曾华倩、蓝洁瑛、罗美薇、邱淑贞、吴君如、梅艳芳和上山诗钠。

当时最漂亮、最出风头的是蓝洁瑛,脸上总有种冷傲的气质,眼睛里像有星星在闪耀。当时香港一条街上因有五家电视台而得名"五台山",人人都说她是"靓绝五台山"的那个人。

美女是对比出来的,年轻时的她,是当之无愧的"合影杀手",凭着美貌可以辗压和她合影的任何女星。她和刘嘉玲、黎美娴一起合过影,穿玫红泳装的她确实是三位美女中最出挑的。我最念念不忘的是蓝洁瑛在港剧《大时代》中的扮相,在那部剧里,她饰演的角色叫玲姐,已经不算太年轻了,可风韵更佳,微博上热传一张《大时代》众女星的合影,年龄最大的蓝洁瑛完胜当时的周慧敏、郭蔼明、李丽珍等人。

娱乐圈基本上是个天生丽质难自弃的地方。她的人生，从一出道就开始闪耀。刚拍戏就是女主角，和梁朝伟、刘德华搭戏，她演小姐的话，刘嘉玲、吴君如当时只能演给她配戏的丫鬟。

她的美迷倒了不少人，相传梁朝伟、周星驰、吕良伟、曾志伟等均暗恋或追求过她。当时周星驰还是个主持《430穿梭机》的无名小子，很多年以后，当星仔终于混成了星爷时，他特意请曾经的女神来拍他的戏。

如果你看过《大话西游》的话，一定还记得那个美艳无双的春十三娘吧，那就是蓝洁瑛。在银川拍戏时，由于酒店离片场远，周星驰常骑自行车往返，蓝洁瑛就坐过他的自行车后座。还有一种传说，当时有个女星和周星驰在酒店密会，被正牌女友朱茵撞破，只得躲在厕所里，这个女星到底是她还是莫文蔚？两个人都没有明确回答过，只能当是一桩悬案了。

这只能算她全盛时代的余威。

在她风头正健的时候，像周星驰这样仰慕她的男人有一大把，有公子哥为了她放弃去国外读书，有人承诺她如果和无线签约谈不拢，一定支持她拍戏。可她只是傲娇地对媒体说，她还太年轻了，还不想那么早拥有固定男友。

她把这种高傲也带到了片场，在圈中人的口里，她是出了名的爱迟到和爱耍大牌。TVB想签她五年约，她不肯，坚持只签两年。无线高层一怒之下将她雪藏，可终究舍不得她的美貌和人气，有意起用她拍《大香港》，可她嫌片中"猪肠头"的造型难看拒绝了。让她去拍古装片，她也拒绝，理由是夏天穿古装太热，怕发热疹。结果自然是再次被雪藏。

这样的脾气，在娱乐圈自然讨不到什么好处。她去台湾拍戏时，就因为总迟到，被一起拍片的女星狄莺暴打。好不容易回香港拍了部《大时代》，刚刚积累了点儿人气，又因为迟到，被TVB再次雪藏。从那以后，她身上的星光逐渐黯淡下去，圈内那么多乖巧伶俐的女孩子排队等着一个机会，而她呢，机会到了她身上，往往都会被搞砸。

事业起起伏伏，感情也不顺利。和她交往过的邓姓公子，开煤气自杀了；和她传过绯闻的钟保罗，跳楼自尽了。九十年代，香港富豪郑裕彤的儿子郑家成曾热烈追求过她，并一掷六百万买海边豪宅送给她，两人一度传出婚讯，后来却频频吵架，以分手收场。她将分手归咎于闺密，认为是闺密抢了她的男友，还自曝闺密给她下了降头①。

有没有被下降头无从考证，大家看到的是，她的脾气越来越坏。在和意大利男友分手后，她冲到男友家，用斧头猛劈他的家门。

一场车祸成了压倒她的最后一根稻草，她驾车经过浅水湾时不幸翻车，在病床上昏睡了很久，醒来后大闹医院。从此后，她的人生就像那辆侧翻的车一样，开始变得失控。

她越来越难以控制自己的情绪，曾经大闹加拿大温哥华机场，也曾在大年初三致电警方说自己不想活了。她还一次次出来主动曝料说，自己曾先后被两位影坛大哥强奸，多年来一直摆脱不了那种屈辱感。

不是没有人对她伸出过援手。老友曾华倩请过她去做节目嘉宾，和她拍过戏的刘德华也支援过她十万块，可她转身就背着这十万现金去酒吧买醉，第二天又向媒体哭诉钱都被人偷光了。

没有人能够挽救一个放弃了自己的人。那些年，她在自暴自弃的路上一路狂奔，根本停不下来。她拍的戏即将上映需要宣传时，她照例迟到，监制说了她两句，她就勃然大怒，吼道："Shut up！"这个监制林建明本来是有心帮她

---

① 一种邪恶的巫术，通常都被用在害人方面，借着法术的力量加害于人。

的，结果被她一声怒吼吓得远远的。好不容易有人来找她拍纤体广告，她却天天吃薯片吃得暴肥。

屋漏偏逢连夜雨，投资方面，她也屡屡失败，富家公子送她的豪宅早蒸发了，拍戏积累的钱也都亏空了。她不得不申请破产，成为香港唯一一个靠领综援①生活的明星。

于是，她成了媒体所说的"四大癫王"之一，顶着一头白发，衣着褴褛，声泪俱下地对着镜头控诉这个世界对她是如何不公。她反反复复地咀嚼着自己曾经遭受的苦难，媒体则反反复复地消费着她的苦难。

人们都说她疯了，她冷冷地不辩解，在她看来，不是她疯了，而是整个世界都疯了，所有人都疯了。

的确，娱乐圈确实是一个容易让人发疯的地方，它放大了一个人的得与失，在你得意的时候会捧你上云宵，又会在你失意的时候将你踩进泥底，进入这样一个跟红顶白的圈子，要是没有粗硬得像钢丝一样的神经，是很难不发疯的。不过据我的观察，说蓝洁瑛"发癫"了未免有些言过于实，她只是陷于过去的苦痛中无法自拔。或者说，疯狂是她用来保护自己的另一种伪装。

"强者生存"是这个圈子亘古不变的法则。人们把尊敬给了那些真正的强者，就像刘嘉玲站在香港街头淡淡地说出"我比我想象中更坚强"时，让所有曾经不看好她的人对她刮目相看。而对于被不幸摧毁了的弱者来说，她们只能收获一些过于廉价的同情。

---

① 指综合社会保障援助。综援计划，是以入息补助方法，为那些在经济上无法自给的人士提供安全网，使他们的入息达到一定水平，以应付生活上的基本需要。

苦难是一块试金石，它能够准确地测试出哪些人才是成色十足的金子，哪些人却只不过是经不起磨炼的流沙，风一吹，就会消散在风中。

谁没有一两段伤心往事？谁不曾经历过起起落落？只不过有些人已经学会了负重前行，有些人却把自己困在了过去的不幸里。

当年一齐闯荡江湖的"九龙女"中，张曼玉、刘嘉玲、吴君如已成一代影后，梅艳芳英年早逝，邱淑贞、罗美薇嫁为人妇，曾华倩、上山诗钠离婚后又出来打拼。没有人的生活是一帆风顺的，经历了人生的高低起伏后，姐妹们大多学会了心平气和地笑看风云，只有她，曾经"靓绝五台山"的她，从高峰一下子跌到了谷底，完全接受不了这个落差。控制不了自己情绪的人，自然也控制不了自己的人生。

时光倒流到三十年前。三十年前的娱乐圈和现在一样，对于一个天真的少女来说具有无限的魅力。当记者问年轻气盛的蓝洁瑛喜不喜欢娱乐圈，她开心地回答说当然喜欢，因为娱乐圈是那样多姿多彩。

那时候她还太年轻，只看到了这圈子表面的光鲜，却看不到光鲜背后，需要承受的压力和艰辛。广东有句话叫"食得咸鱼抵得渴"，你要享受那种光鲜，必然要承受那样的压力。

她进入娱乐圈时也曾雄心勃勃，最终却迷失在名利场的金粉世界中，得意的时候太过任性，失意的时候又太过沮丧。娱乐圈就像一架巨大的绞肉机，把太多天真美貌的女明星绞成了肉渣，甚至渣儿都不剩，很不幸，她就是其中一个。

想在娱乐圈混，光靠美貌是远远不够的。如果生性脆弱的话，最好还是远离这样的名利场，不管它看上去有多么丰富多彩。不知道如果让蓝洁瑛重新选择的话，她还会不会走这条路，命运的残酷就在于，它从不给人重来一遍的机会。

章小蕙：前半生靠男人，后半生靠自己

对于有些女星，男人和女人的看法往往截然相反，比如章小蕙。十个男人至少有九个觉得她克夫，是只白虎精、败家女，剩下的那一个也觉得这女人太拜金。十个女人却至少有五个对她恨不起来，剩下的那五个往往还很欣赏她。身为女人，谁不想任性地买买买呢，她虽然买得太多了一点，至少品位好，光是这点已经让女人们无法讨厌她。

香港是座欲望都市，章小蕙则是盛开在这座都市里的一朵"欲之花"。她美得如此招摇，多少男人嘴里说着不喜欢她，却忍不住一遍遍点开她主演的电影《桃色》。那部电影乏善可陈，可那里面有章小蕙全裸出镜的镜头，迷离的气氛里，她媚眼如丝，整个人丰硕饱满如水蜜桃，有她出场的地方就有春色无边。

长久以来，章小蕙的名字，总是和"恋物""拜金"联系在一起，她倒不辩解，坦然"与其说我拜金，不如说我拜衣服、拜爱情"。

章小蕙对华衣美服的迷恋开始得很早，她是那种典型的被富养长大的女孩，父亲一手创办了加拿大中文电视台，她从小住在九龙塘大宅，出入有司机接送，就读的是玛利诺书院那样的名校。四岁时，就跟在母亲后面去逛连卡佛给自己挑选漂亮的连衣裙；十二岁已经是香奈儿迷，会和女伴们一起研究如何搭配香奈儿时装；她拥有的鞋子数量据说可以与菲律宾前总统夫人伊梅尔达相媲美，高峰期足足有差不多三千双鞋子；为了更好地扮美，她出国留学念的都是时装专业。

会打扮又长得美，她在学校里自然是天之骄女。男生都围着她转，女生们则爱模仿她的穿着打扮。她不大爱理同龄人，喜欢沉浸在一个人的世界里，同学兼好友林珊珊回忆说：中午吃完饭，同学们在嬉闹谈笑，她就拿本书坐在草地上，望着太阳，好像胡因梦，又好像在做白日梦。

白日梦一定和爱情有关吧，她是个言情小说迷，最爱亦舒，自己曾写道："从十四岁开始，亦舒二百多部作品从未离开过自己的床头小柜。学生时期最惬意的日子是买到她的新作，特地找一天什么都不用做由早上恋在大沙发中，坐在身边等待约会的小男生们便看我，我看亦舒小说。"

据说亦舒《玫瑰的故事》中的黄玫瑰就是以她为原型的，其实那书写得特别早，当时章小蕙还是个稚气未脱的少女，应该不是参照她的经历写出来的。不过她的前半生，确实顺遂得像书中的黄玫瑰，美丽、富有、受尽宠爱。

连憧憬的爱情都来得特别早，才二十二岁，她就等来了生命中的王子。钟镇涛那时可是货真价实的白马王子，不仅英俊，而且多金，多少少女都梦想着要嫁给他。

他们是在钟镇涛加拿大开巡回演唱会上认识的，还在念书的章小蕙只不过是众多粉丝之一。只不过，这个小粉丝美得出奇，用同学林姗姗的话来说，"头发乌黑乌黑，翻着波浪，能把人埋起来。眼睛圆咕噜的，眼底眉梢，风情流转。静静地坐在那儿，比任何一个女明星都美，更要命的是对谁都能电力十足。"

当粉丝恋上偶像，想不轰轰烈烈都难。他们的爱情也顺遂得不像话，先是一见钟情，然后电话传情，再然后在她生日那天，他突然现身美国，奉上礼物的同时向她求婚。

结婚变得顺理成章，虽然章小蕙父亲并不看好，但为了能够嫁给钟镇涛，她不惜下跪求情，父亲拗不过她，只得答应了。

婚礼盛大美好如童话，为迎娶心中佳人，钟镇涛豪掷三百万，章小蕙身上穿的婚纱出自黛安娜王妃婚纱设计师的手笔，一件就价值十三万。

婚后他们也高调秀过恩爱，一起合唱歌曲，一起合演 MV。他们合唱的那首《我的世界只有你最懂》，至今还是 KTV 的热门点唱金曲。MV 里，章小蕙衣着素净，笑容甜美，偎在钟镇涛身旁，有种不谙世事的幸福。

苦孩子出身的钟镇涛对这位小娇妻很大方，香港名记查小欣曾采访过新婚时的他们，"生性节俭的钟镇涛被问到以后提供怎样的生活给章小蕙，章小蕙边吃朱古力蛋糕边回答，杂志费一万、糖果费一万、零用钱一万，共三万一个月。何以时装痴没提服装费？钟笑说她有他的附属卡，买多少都可以。章小蕙闻言，开心得大笑，又要了一个蛋糕。"

她一度过上了很多女人向往的那种生活：他负责赚钱养家，她只要负责貌美如花就行。有了老公的支持，她可以继续买她的靓衫，做她的富贵闲人。当惯了大小姐的她对衣食住行要求极高，家里贴的壁纸不如她意，可以全部撕下来重新贴，新季的 Gucci 裙子，她可以毫不手软四个颜色全要，十万块买的裙子，她穿了一次就不想再穿了。

全香港都被他们的幸福打动，她一口气生了两个孩子，偶像亦舒得知后，竟然亲自为他们的孩子取小名，一个叫作毛豆，一个叫作眉豆，后来亦舒还把这两个名字用在了小说《风满楼》里。

正因为被看成幸福家庭的范本，所以后来香港人接受不了他们婚姻的破裂。

都说男人需要崇拜，可任何以崇拜为基础的婚姻都没那么牢固，因为一旦作为偶像的人设坍塌，双方的感情就很难再维系。

结婚后没几年，钟镇涛人气就下滑了，唱片反响平平，只得转战台湾。章小蕙呢，倒是成了媒体的宠儿，周刊争着找她上封面，一件衣服只要她穿过，就能引领购买狂潮，她闲时替阔太们买名牌，又做点二手衣拍卖，收入随之水涨船高。

她还这么年轻，这么意气风发，怎么甘心随着过气的老公一起消沉，从此消失在公众视野？

她不但风韵还在，而且更胜从前。一个美女，尤其还是一个不甘寂寞的美女，身边总是不乏追求者的，哪怕她已经婚育。

其中有一个追求者，就是富商陈耀旻。他是白手起家的富翁，在东莞拥有一个规模很大的鞋厂，结过两次婚，认识章小蕙的时候第二任妻子已患癌症。刻薄的港媒将陈称为"白头翁"，其实除了头发花白外，陈耀旻高大英挺，很

有几分风度。

在追求章小蕙的男人中，陈耀旻可能不是最有钱的，但绝对是最知情识趣的。他煞费苦心地制造着和她的邂逅，每次吃饭都坐在她身旁，极尽体贴地为她斟茶布菜。生意上他对她也帮助很大，正是有了他的担保和指点，她才有资本豪气干云地去炒楼。

富有魅力、婚姻名存实亡的中年男人，遇上不安分的人妻，媒体称这段关系为"港版失乐园"。

事实上，她后来说，这段关系曾得到了钟镇涛的默许。几乎就在同期，钟镇涛开始和富婆范姜交往，他们都各有各的精彩，谁也没有比谁忠贞，区别只在于，钟比较低调，而她高调惯了。

如果不是后来的炒楼失败，也许这段多角关系还将持续下去。可章小蕙投机起来就像买衣服一样贪心，她玉手一挥买下了好几栋豪宅，让老公在合同上签字，让情人给她做担保。如果赚得盆满钵满，自然是你好我好大家好，可惜她碰到了"97金融风暴"，房子一夜之间成了负资产，倒欠银行2.5亿。

都说是她买衣服买得两个男人破产，其实是炒楼炒的。数年之内，2.5亿的负债让签字的老公和担保的情人先后宣布破产，也都先后离开她。

钟镇涛后来说，是她拿着合同逼他签，他就签了，自己完全不知情。这样的撇白未免荒唐，就算再惧内，这么大的事不太可能是她一个人做主的。决定是两个人做的，骂名却全由她一个人承担。

离婚后，他出书控诉她如何败家，如何穷奢极欲，如何拖垮了他，博得了公众的同情。从前把她捧上天的媒体也跟着猛踩她,顿时,她成了众人口中的"红颜祸水"。

换成别的女人,怕是要跳楼。可她偏不,硬撑着不申请破产,照样住豪宅,开好车,买靓衫,挂在嘴边的一句话是："饭可以不吃,衫不可以不买！"

前半辈子一直靠男人富养,现在没有人养她了,她仍然要富养自己。辛苦是很辛苦的,一开始是靠写专栏每个月赚取几万块生活费,每天六点就起床,给孩子做早餐,送孩子上学后再写专栏。好在她心态乐观,"再困难时也从没想过熬不过去"。

这样辛苦,她依然一声不吭地扛了下来。富家女的见识和手段也在这时候显露了出来,她居然到处找人去打官司,官司居然还赢了,让自己免除了债务。连前夫钟镇涛都搞不懂,这个女人到底用了什么乾坤大挪移的手法。

总之那几年她过得风生水起,她写专栏,开服装店,凭着不俗品位和独到眼光,一年就能赚取几千万。导演杨凡找她拍《桃色》,相交多年的他觉得"她是最好的女人",因为她从不妥协。

人们原本看死了她只知道靠男人,没想到没有依靠之后,她还可以活得如此精彩。从小爱读亦舒的她,果然活成了独立、能干的"亦舒女郎"。偶像亦舒对她激赏不已,说香港人里面最欣赏的就是章小蕙,还为她的新书写序。

这也难怪,亦舒本人就从来不怎么信奉男权社会那一套,对她自然有种惺惺相惜的好感。

她也确实敢作敢当,《桃色》上映后她和杨凡一起去做客《康熙来了》,在里面大谈购物经和爱情经,她坦荡荡地宣称,她是花钱多,可花得越多,才能赚得越多，还说自己找男人从来不看钱只看人，也试过同时交往五个男朋友，到了情人节真是有点儿忙，一个晚上至少要吃三顿饭。

连见惯世面的蔡康永都听得有点儿惊讶，杨凡却淡定地撑老友："她这个人就是这样，从来不说假话。"

章小蕙就是这样，对自己的欲望毫不掩饰，坦荡得近乎真诚。这份坦荡可能刺痛了大众，毕竟，这还是个男权当道的社会，一个女人赤裸裸地宣称自己就是要享受物质，享受情欲，未免会触怒许多卫道士。

那些年她几乎成了媒体公敌，所有人都在骂她。对大众的这种势利眼，她看得很清楚，说"香港人的那种势利像极了张爱玲《倾城之恋》里的众生态"。

的确，港媒鼓吹的价值观是女星以嫁入豪门甚至做有钱人的小三为荣。钱，她自己能赚，犯不着再削尖了脑袋往豪门里钻。她早想开了，既然不适合婚姻，那就不要结婚了，好好享受恋爱。香港待着难受了，就去世界各地转转。

这么多年来，公众一直等着她一蹶不振，等着看她的笑话，可她偏不让他们如愿，反而越活越滋润，越活越潇洒，听说现在继承了父亲的遗产，业余买卖剧本赚点儿佣金。

有人称章小蕙是"现代版的陆小曼"，对比一下，这两个人还确实有相似之处：她们都是被富养大的女孩，都热爱吃喝玩乐，都是"拜物质教"的成员，都有过轰轰烈烈的爱情，也都被看成红颜祸水。

可她们在骨子里终究还是不同的。陆小曼终生都依附男人，徐志摩飞机失事去世后，是翁瑞午接着供养她；章小蕙却独立得多，没有男人，她也能依靠自己一双手，坚强地活下去。

女人直面自己的欲望不是坏事，适当的欲望能够促使人进步，但一旦自身的能力撑不起欲望时，就会被欲望的黑洞一口吞噬掉。

如果你没有章小蕙那样蓬勃的生命力，最好还是多少克制一下，免得被过多的欲望所累。

每个人生命中都有这么一段
在幽暗的旅程中独自跋涉的时光，
你无法依赖任何人，
只能在狭窄的通道中踽踽而行。

曾经相爱，即是永远。
当你的身边已不再是我时，
我唯一能做的，就是送上我的祝福。

真实的爱，
并不是爱着一个完美的幻象，
而是爱着真实的彼此，
连同对方的坏脾气和小缺点一同爱上。

她把受过的每一点波折
都变成了自己的养分，
这样的女人，
真的不会白白受苦。

岁月带走了她的青涩和拧巴，
却留住了她的天真和深情。
经历了那么多风风雨雨，
仍然能够去爱，去投入，
去享受生命赋予自己的一切，
这样的状态真是好啊。

上坡路也好，下坡路也好，
哪条路都不好走，我们能够做的，
无非是坦然接受命运赋予我们的一切，
得意的时候不要太过忘形，失意的时候也要抬起头来。